木馬が再びジーノに近づく。
ジュリオがきゃっきゃっと手をふった。
Illustration :
Haru Suzukura

セシル文庫

マフィアと恋の逃避行
ベビーシッターは挫けない

宮本れん

イラストレーション／鈴倉 温

◆目次

この作品はフィクションです。
実在の人物・団体・事件などに
一切関係ありません。

マフィアと恋の逃避行
ベビーシッターは挫けない

日本から飛行機で十三時間。

さらに、ローマから特急に揺られること一時間半。

通称『フィレンツェ中央駅』と呼ばれるサンタ・マリア・ノヴェッラ駅で電車を降り、駅の近くのホテルにスーツケースを預けると、高宮志遠《たかみやしおん》はTシャツにデニムという軽装で意気揚々とフィレンツェの街に踏み出した。

「空があんなに青い。きれいだなぁ」

初夏の太陽はきらきらと輝き、降り注ぐ光も眩しいくらいだ。

生成《きな》り色の石や煉瓦《れんが》で造られた重厚な建物が道の両側にひしめいている。長年、人や荷車の往来によって摩耗《まもう》した石畳はなめらかで、歴史の重みを感じさせた。

世界中の人々を魅了してやまないここフィレンツェは『天井のない美術館』とも呼ばれ、かつてルネサンス芸術が華開いた文化の中心地だ。こんな素敵な、そして第二の故郷でもある場所でリフレッシュすれば、悩みなんてどこかへ吹き飛んでいくだろう。

「そうしたいな。……ううん、そうしなくちゃ」

自分に言い聞かせると、志遠は街の中心部に向かって歩きはじめた。

志遠は日本人の父と、イタリア人の母の間に生まれた。

父からはサラサラとした黒髪や柳眉《りゅうび》を、母からはアーモンド型の茶色い目や彫りの深い顔立ちを受け継いだ。小さい頃は「ご両親のいいところ取りね」と褒められたものだったけれど、身長が一六五センチで止まったのはいったいどちらに似たのだろう。

長身だったふたりを思い出し、志遠はそっと苦笑を浮かべる。

明るく朗《ほが》らかな両親のおかげで、日本語や英語、イタリア語が飛び交う家の中はいつもにぎやかだったし、楽しい驚きに満ちていた。

けれど、そんなふたりも早くに亡くなってしまい、二十五歳になった今は両親が遺してくれた都内のマンションで子供向けの絵本を作る仕事をしながらひとりで暮らしている。

自宅には親戚が時折様子を見に来るぐらいで、それ以外に訪ねてくる人はいない。

仲の良かった友人らはみんな就職で遠くに行ってしまったし、心を寄り添わせるようなやさしい恋人もいない。……もっとも、恋人がいないのは今にはじまったことではなく、これまでも、ただのひとりもいたことはなかった。

小さな頃から同性にばかり惹かれてきた志遠は、大きくなって自分の性嗜好《せいしこう》を自覚してからというもの、なんとなく恋愛自体を遠ざけてきた。いけないことと言うつもりはないけれど、だからといってうまくいくようにも思えなかったのだ。

「そのせいかなぁ」

思い出すだけでため息が洩れ、足も止まる。

従兄弟が立て続けに結婚してからというもの、「次はあなたの番よ」とばかりに親戚中が結婚を急かしてきたのだ。

独り身を心配してくれてのこととわかってはいるけれど、残念ながら自分に結婚という選択肢はない。けれどその理由を正直に言えないせいで断るのに苦心するうち、気持ちがすっかり参ってしまった。

おかげで、ここ最近ずっとスランプが続いている。

絵本の軸となるテーマに迷い、ストーリーに迷い、絵に迷い、色にさえ迷い――気がつけば自分がなにを描きたいのかも、どんな話を紡ぎたいのかもわからなくなっていた。

これまでも何度か軽い不調に陥ったことはあったものの、今までとは比較にならないほどどん底に落ちたような気分だった。

――このままここでじっとしていても、たぶん良くなることはない。

心の声と直感に従い、それなら思いきって環境を変えてしまおうと仕事先に一報して、こうしてイタリアにやってきた。

一度目は生まれてすぐに、二度目は家族とともに訪れた、志遠にとって大切な場所だ。ここなら誰に遠慮することなく自然体の自分でいられる。そうやって過ごすうちにきっと前向きな気持ちを取り戻せるだろうし、もっと自分とも向き合えるだろう。

願いをこめて深呼吸をすると、志遠は再び歩きはじめた。

ブティックやカフェが軒《のき》を連ねる大通りをショーウィンドウを眺めながら通り抜ける。するとすぐ、目の前に海老茶《えびちゃ》色のドームが現れた。フィレンツェのシンボルであるサンタ・マリア・デル・フィオーレ大聖堂のドゥオーモだ。

丸屋根が目に入った途端、懐かしさに胸が熱くなった。

「ほんとにフィレンツェに来たんだなぁ」

五年前は両親も一緒だった。荘厳な大聖堂に圧倒される息子に、ふたりは得意げな顔で歴史を教えてくれたものだった。

息を切らしながらクーポラに昇ったり、首が痛くなるほど天井のフレスコ画を見上げたことも懐かしい。ステンドグラスや彫像も見事でどれだけいても飽きることがなかった。

そんな大聖堂以外にも、ジョットの鐘楼《しょうろう》やサン・ジョバンニ洗礼堂など、この辺りには見るべきものがたくさんある。とはいえそれらは楽しみに取っておくことにして、志遠は大聖堂と洗礼堂の間の細い道を南に向かった。

この先に、今回の旅のお目当てであるウフィツィ美術館があるのだ。

道なりに進むとシニョーリア広場に出た。中世の要塞《ようさい》を思わせるヴェッキオ宮殿のすぐ前には、芸術の都らしくレプリカの彫像が所狭しと置かれている。美術館はすぐそこだ。

胸を躍らせた志遠の目に、だが突然、思いがけないものが飛びこんできた。

「……うん？」

彫像の台座の前で、二歳ぐらいの男の子がわんわん声を上げて泣いている。

そしてそんな彼の前には、身を屈め、困り果てているひとりの男性の姿があった。

「あら……」

男の子は手足をバタつかせ、かわいい茶色の巻き毛をふり乱しながら泣き喚いている。

しゃがんだ男性は男の子を抱き締め、なんとか宥《なだ》めようとするものの、泣き声は大きくなるばかりだ。サングラスをかけていても困り顔をしているのがすぐにわかった。

――ママはいないのかな？

気になってキョロキョロと辺りを窺う。

少し待ってみても母親らしき女性は現れないどころか、子供の泣き声はいっそう大きくなるばかりだ。周囲も気遣わしげに男の子と男性を遠巻きにしている。

いつもなら、見ず知らずの人と関わるなんて自分からは選ばないけれど。

――でも、あの子……なんだか似てる。

はじめて描いた絵本の主人公も彼ぐらいの年だった。我儘《わがまま》なのに寂しがり屋で、周囲の愛情に触れるうちに成長していく王子様の物語。

そう思ったらなんだか放っておけなくて、志遠は思いきってふたりに歩み寄った。

「こんにちは、王子様。ごきげんいかが？」

右手の中指と薬指に親指をくっつけ、反対に人指し指と小指をピンと立たせる。影絵の『キツネ』のポーズだ。話すのに合わせてキツネの口を開けたり閉めたりしてみせると、男の子はぽかんとしたようにこちらを見上げた。

「ぼくはキツネくん。遠い国から来たんだ。冒険の旅をしているんだよ」

「キ、ツネ……？　ぼう、けん……？」

びっくりしたのか、男の子がピタリと泣き止む。

まずは作戦成功のようだ。英語が通じたことにもホッとしながら、志遠はキツネくんとして話し続けた。

「ぼくは、ひとりで旅をしているんだ。きみはどこの王子様？」

「おうじさまじゃ、ないよ。ユーだよ」

「ユー？」

それは名前だろうか。

首を傾げていると、立ち上がった男性が苦笑しながら男の子の頭をくしゃりと撫でた。

「ジュリオというんだ。まだJの発音がうまくできなくてね。きみは？」

「志遠といいます」

そう言った途端、ジュリオが腰に飛びついてくる。

「キツネくんじゃないのー？」

「ふふふ。キツネくん、気に入ってくれた？　コンコン、コーン！」

「わー！」

響きがおもしろかったのか、ジュリオがかわいい歓声を上げる。

その姿に、今度は男性がぽかんとする番だった。

「驚いたな……。いつも電池切れになるまで泣き止まない怪獣が」

「そうなんですか？」

「それに、とびっきりの人見知りなんだ。こんなに人に懐くのを見るのははじめてだ」

男性はしげしげとジュリオを見下ろす。

さっきまでわんわん泣いていたのが嘘のようにはしゃいでいる小怪獣は、キツネくんの秘密を解き明かそうというのか、志遠の右手にくっついて離れない。

身長九十センチほどの彼からすれば大人の手は目の高さだ。そこにどんな魔法が隠されているのか興味津々なのだろう。丸く大きな焦げ茶色の目を寄り目にしてじっと見入る、その大真面目な顔といったら。

「きみのことが気に入ったようだな」

「ふふふ。うれしいです。こんなかわいい子に好かれるなんて」

「ユー、おとこのこ、だよ！」

話を聞いていたらしいジュリオがパッと顔を上げる。

「うんうん。ジュリオは格好良くて、かわいいよ」

「ん？」

わかったような、わからないような、そんな顔をして小首を傾《かし》げる姿もかわいらしい。

頭を撫でてやると、ジュリオはうれしそうに「きゃー」と笑い声を上げた。

「ジュリオは動物さん、好き？」

キツネくんを作ってみせると、ジュリオはこくこく頷く。

「すき！　だいすき！」

「そっか。ぼくも好き。一緒だね」

「ジュリオは生物全般が大好きなんだ。散歩中の犬には必ず話しかけるし、歩いてる猫を追いかけてすぐにいなくなる」

「あら」

「それから乗りものも。飛行機から降りたくないって散々駄々《だだ》を捏《こ》ねて……なぁ？」

顔を覗きこまれ、ジュリオはぷいっとそっぽを向いた。知らんぷりを決めこむようだ。

これには志遠も笑ってしまった。

「ジュリオは好きなものがいっぱいだね。それはとってもいいことだよ。ぼくは、お花やお月様が好き。お星様も好き。でも、オバケや怖いものは苦手」

「うん。ユーも……」

ジュリオが深刻そうに眉を寄せる。

あまりのかわいらしさに噴き出すと、志遠が楽しそうにしているのがうれしかったのか、ジュリオもつられて声を立てて笑った。

ぴょんぴょん飛び跳ねる元気の塊の手を握りながら、男性がこちらに顔を向ける。

「きみはずいぶん子供に慣れているんだな。普段からそんな仕事を？」

「いいえ。子供は大好きですが……実は、絵本作家をしてるんです。ジュリオのことも、ぼくが描いた絵本に出てくる王子様に似ていて、それで声をかけたんですよ」

「へぇ。絵本作家か。きみの描いた本を読んでみたいな」

男性は微笑みながらサングラスを外すと、慣れた手つきでシャツの胸元に差す。

「わ…」

露《あら》わになった美貌に志遠は思わず息を呑んだ。

大人の男らしさが漂う艶やかで精悍な顔つき。強い力を放つ茶色の瞳や、厚く官能的な唇は情熱的な性格の表れだろうか。長身で逞しい体躯の持ち主は、オーラのようなものを纏いながらも微笑みには甘さを滲ませる。

――なんて素敵な人なんだろう……。

艶やかな髪をかき上げていた彼は、志遠の視線に気づいてくすりと笑った。

「どうした。じっと見て」

「え？　あっ、いえ……」

「なんだ。おかしなやつだな」

男性がくすくす笑う。褐色の肌に白い歯がこぼれ、途端に人懐っこさが顔を出した。

「自己紹介をしよう。俺はジーノ。イタリア系アメリカ人だ」

右手を差し出され、志遠も握手でそれに応える。

「高宮志遠です。ジーノさんはアメリカから？」

「あぁ、ちょっとした気晴らしにな。きみは？」

「ぼくも。日本から気晴らしに」

お互い悪戯《いたずら》っ子のように笑い合う。「座ろう」と促され、ジュリオを真ん中に挟むようにして志遠は目の前の階段に腰を下ろした。

観光客であふれた広場を前に、そっとジーノの横顔を盗み見る。

――こんな人、ほんとにいるんだなぁ。

絵本の中の王子様だってこんなに格好良くは描けない。見つめているだけでトクトクと鼓動が逸るのを感じて、志遠は慌てて胸を押さえた。

――なにを考えてるんだ。ぼくは……。

出会ったばかりの人なのに。それに、子供を連れているということは彼には家庭がある。おかしな気を起こしたら迷惑だ。

落ち着かなくてはと深呼吸をしていると、ジーノが「そういえば」と話しかけてきた。

「きみはずいぶん流暢《りゅうちょう》に英語を話すな。日本人は英会話が苦手と聞いたが」

「普段あんまり使いませんからね。ぼくの場合は、家の中では英語を使っていたので……父親が日本人、母親がイタリア人なんです」

そう言った途端、ジーノが「ヒュー！」と口笛を吹く。

「ということはきみは、日本語と英語だけでなく、イタリア語も話せるトリリンガルか？」

「日常会話が少しできるだけです。難しい話はとても」

「それでもすごいじゃないか。俺ともこうして意思疎通《いしそつう》ができる。充分だ」

「ユーも！　ユーも、おはなしする！」

「うんうん。そうだね。いっぱいお話ししようね」

　こちらを見上げながらグイグイ身体を擦り寄せてくるジュリオの背中を撫でてやると、彼はうれしそうに「うふふ」と笑った。

　椛《もみじ》のようなかわいらしい手と手をつなぎながら、再びジーノの方を見る。

「ぼくを褒めてくれましたけど、ジーノさんもイタリア語を話すんじゃないですか？」

「どうしてそう思う？」

「イントネーションに少しイタリア訛《なま》りが。それに、イタリア系アメリカ人だと言われていたので、近しい方にイタリア語を話す人がいるのかなって」

「よくわかったな。確かにきみの言うとおりイタリア語も話す。……だが、普段喋るのは英語の方だ。イタリア語より口説《くど》き文句のバリエーションが少なくていけない」

「もう。ジーノさんったら」

　芝居がかった調子で嘆《なげ》くジーノを見ているうちに、いつしか緊張もすっかり解けた。

「フィレンツェはどうだ。楽しんでいるか？」

「さっき着いたばかりですが、さっそく。ジーノさんたちはどうしてイタリアに？」

「俺の第二の故郷なんだ。祖父がローマの生まれでね。アメリカに渡ったイタリア移民の中のひとりだ。さっき、きみが言い当てたとおりに」

「本当ですか」

「渡伊《とい》は五度目だ。きみは？」

「ぼくは三度目です。五年前にも両親と。……また、一緒に来られたら良かったんですが」

ジーノが「どういう意味だ？」と目で訊ねてくる。

「亡くなったんです。ふたりとも」

「そうか……それは辛《つら》いことを話させてしまった」

「いいえ、気にしないでください。それに、ぼくにとってもイタリアは第二の故郷です。ぼくたちはお揃いですね」

「ユーは？　ユーも？」

「うん、もちろん。ジュリオともお揃いだよ」

頷いてやると、ジュリオは得意げに「おそろい！　おそろい！」と身体を揺らす。

かわいい怪獣を微笑ましく見下ろし、その頭上でジーノと目を見交わしながら、志遠は自分の中にあたたかな気持ちが生まれるのを感じた。

自分はずっとひとりだった。両親もいないし、兄弟もいない。友人も、恋人も、近しい人は誰もいない。自分から新しい出会いを探すことさえしてこなかった。

だから不思議だ。遠い異国の地で、絵本の主人公によく似た王子様と仲良くなるなんて。

自分と共通点がある人に出会うなんて。そしてまさか、こんな気持ちになるなんて。

――運命みたいだ……。

夢のような心地でジーノを見つめる。

そんな志遠に、ジーノは予想外の話を持ちかけてきた。

「きみさえ良ければというか、これはお願いなんだが……」

「はい。なんでしょう」

「数日間、ジュリオのシッターをしてもらえないだろうか。見てのとおり俺では手に余る。これでも実の弟なんだがな」

「えっ、弟？　息子じゃなくて？」

「待ってくれ。俺の子だと思っていたのか⁉　俺はまだそんな年じゃないぞ」

慌てるジーノがおかしくて、悪いと思いながらも噴き出してしまう。

「すみません。よく似ていたので」

「腹違いの弟なんだ。……あぁ、この子の母親はきみと同じく日本人だ」

「そうなんですね。日本語は教えないんですか？」

「ジュリオが言葉を話せるようになる前に亡くなった」

「あ…」

思いがけない返事に言葉を呑む。ジュリオもまた、自分と同じ思いをしてきたのだ。

「ごめんなさい。申し訳ないことを訊いて」

「お互い様だ、気にするな。それに今は俺や、俺のファミリーが愛情をこめて育ててる。だから不幸なことなんてなにもないさ」

ジーノが大きな手でやさしくジュリオの頭を撫でた。

「それに、同じ日本人だからかもしれないが、きみはこの子の母親に雰囲気が似ている。それもあってジュリオが懐いたのかもしれない」

「ぼくが……」

二歳やそこらといえばまだまだ甘えたい盛り。亡き母を恋しく思う気持ちはよくわかる。そんな事情を聞いた後で「じゃあね、バイバイ」なんて言えるわけがない。

志遠は複雑な思いを胸に、じっと右手を見下ろした。せっかく仲良くなったキツネくんだって、きっと「一緒に冒険がしたい」と言うだろう。

——シッター、やってみようかな……。

一度も経験はないけれど。

旅の計画だって変わるけど。

それでも、元気な子供にふり回されるくらいが今の自分にはいいかもしれない。子供の視点から様々なことを教わるだろうし、クタクタでベッドに倒れこめばぐっすりと眠れるだろう。旅にハプニングはつきものだし、こんな機会は二度とない。

それに……と、ジーノを見遣《みや》る。

——もう少しだけ、一緒にいたい……。

無意識のうちにじっと見つめていたのか、苦笑が聞こえてはじめて我に返った。

「ずいぶん熱烈な視線だな。そんなに気負わなくてもいいんだぞ。……それともそれは、俺を勘違いさせるためか？」

「へっ？」

素《す》っ頓狂《とんきょう》な声にジーノは声を立てて笑う。揶揄《からか》われたとわかったところでもう遅い。

「そう肩に力を入れなくとも大丈夫だ。ジュリオの安全は俺が保障するし、礼も弾《はず》もう。きみはジュリオを遊ばせて、好き嫌いするのを宥めて、泣きはじめたらあやしてくれ」

肩に手を回され、ジュリオを挟んだまま引き寄せられた。

薄いシャツ越しに感じる彼の体温にドキッとなる。ジーノがつけている香水だろうか、エキゾチックで甘い香りに包まれてさらに胸が高鳴った。

つくづくと不思議な人だ。強引なのに、魅力的で抗《あらが》えない。

志遠はおずおずとジーノを見上げ、それからこくんと頷いた。

「わかりました。フィレンツェにいる五日間だけで良ければ、お引き受けします」

「グラッツェ・ミッレ！」

たちまち大声とともにジュリオごとぎゅっと抱き締められる。新しい遊びがはじまったと思ったのか、かわいい天使は「きゃー！」と楽しげな声を上げた。

「よし。そうと決まれば、今すぐにでもホテルを移そう」

腕を解《ほど》くなり、ジーノが颯爽《さっそう》と立ち上がる。

「ホテル？　誰のです？」

「きみのに決まっているだろう。俺の滞在先に来てもらう。部屋は好きに使っていい」

「は？」

思ってもいない展開だ。

「そんなこと言われても、もうチェックインしてきちゃいましたし。それに荷物も預けてあるので、せめて今日ぐらいは泊まらないと……」

この状態で当日キャンセルなんてさすがにできない。

そう言ってもなお、ジーノは余裕の笑みで首をふった。

「心配するな。キャンセル代は俺が支払う。もちろん、チップもたんまり上乗せしてな。それならホテル側も仕事が減って万々歳《ばんばんざい》だ。さぁ、荷物を預けたホテルはどこだ？」

「ええと、確か……ホテル・ロッソ」

「――だそうだ。ドナテッロ」

ジーノの言葉に、どこからともなくサングラスをかけた長身の男が現れる。

いったいどこに隠れていたのだろう。初夏にもかかわらず黒いスーツに身を包んだ彼は無言で志遠を見下ろしてくる。屈強な体躯、短く切り揃えられた黒い髪。感情の読めない表情や無駄のない動きからもストイックな人という印象を受けた。

「俺の仕事仲間だ」

「仕事……？」

「息抜きの最中にもいろいろな。これでも実業家ってやつだ。さぁ、行くぞ」

「えっ、あの…、ジーノさん！」

座っていたのを引っ張り上げられ、あれよあれよという間にホテルに逆戻りさせられる。

突然のことにフロントの男性は驚いていたが、ジーノがイタリア語で交渉するや揉み手をしながら預けていたスーツケースを渡してくれた。

てっきり渋い顔をされると思っていたのに。

「な？　言ったとおりだろう」

得意顔のジーノに背中を押されながらホテルを出る。ジュリオも一緒だ。その後ろを、ドナテッロが志遠のスーツケースを引きながらついてきた。

「あの、運んでいただくなんて申し訳ないです。ぼくが自分で」

訴えても、ジーノは軽く肩を竦めるばかりだ。

「ドナテッロは俺の世話を焼くためにいるようなものだ。その俺が命じている」

「でも」

「気になるなら礼を言うといい。ここにいる間、きみとは仕事仲間ってことになる」

言われてみればそのとおりだ。

志遠はジュリオをジーノに預けると、ドナテッロのもとに駆け寄った。

「荷物、運んでいただいてすみません。重たいでしょう。ひとりだとあれこれ持ってきてしまって……ありがとうございます」

「……」

心からの一礼にもドナテッロは目を逸らすばかりだ。

「あの、ドナテッロさん……」

「俺に話しかけるな。俺は、あいつの命令を聞いているだけだ」

にべもなく吐き捨てられて、まるで取りつく島もない。

「ドナテッロ。そんなにつれなくするな。シオンが怖がる」

ジーノが取りなしてくれても一瞥を返すのみだ。彼らの宿泊先だというホテルが見えてくるなり、ドナテッロは「手配しておく」と言い残して先に入っていってしまった。

「あ、チェックインならぼくも行きます。パスポートを見せなくちゃ」

たとえビザのいらない国だろうと、旅券の提示は必要なはずだ。

けれど、ジーノは笑いながら首をふった。

「気にするな。うまくやる」

「え？」

「それより、そろそろ腹が減ってきたな。気を取り直して食事に行こう。なにが食べたい？食の都フィオレンティーナにはなんでもあるぞ」

明るい声にホッとなる。気を使ってくれたんだろう。

だから志遠も小さなささくれは忘れることにして、食事の誘いに笑顔で応えた。

「ぼくはジュリオが食べたいもので。……ねぇ、ジュリオ。これからごはんを食べに行くんだって。ジュリオが好きなもの、いっぱい教えてほしいな」

そう言うと、ジュリオは得意げに胸を張る。

「あのね、あまいの！」

「うんうん」

「あと、おにく！」

「それから？」

「おわり！」

「あちゃー。おわりかー」

顔を顰める志遠に、ジュリオはきゃっきゃと声を立てて笑った。

「お野菜もいっぱい食べないとね。ニンジンとか、トマトとか、あとピーマンも」

「や！」

渾身《こんしん》の力をこめた「嫌！」だ。

「そうなの？　もったいないなぁ。キツネくんはピーマン大好きなんだよ。ピーマンは、冒険の力の源《みなもと》なんだって」

「ん？」

キツネがピーマンを食べるかはわからないけど、キツネくんならなんでもござれだ。

「ピーマンを食べると強くなれるって、キツネくん言ってたよ。だから日本からこんなに遠いイタリアに来られたんだって」

「え！」

「そうだよねー、キツネくん」

コンコン、と口を動かしてみせると、ジュリオの目が俄然きらきらと輝いた。

「そ、そうなの……」

「そうだよ。あっ、このことは秘密だよ」

「ひみつ？」

「そう。ぼくとジュリオの秘密。……あ、ジーノさんも聞いてました？」

「いいや？」

ジーノが噴き出すのをこらえながら明後日の方を向く。苦手なお野菜克服《こくふく》大作戦に彼も協力してくれるということだろう。

「だからジュリオ。ジュリオもいつか冒険の旅に出たいなら、ピーマン食べておいた方がいいよ。ニンジンも、トマトも」

「わかった！」

ジュリオがあんまり真剣な顔で頷くものだから、ついついきゅんとなってしまった。

「ジュリオは偉いね。それじゃ、今日はお肉もお野菜もいっぱい食べようね」

「ん！」

ジーノと志遠でジュリオを挟み、手をつなぐ。ドナテッロはどうするのかと思って訊ねてみると、「あっちはあっちで適当に済ませる」との答えが返ってきた。

「仕事仲間と四六時中一緒にいるのも息が詰まるだろう？」

「そういうものですか」

「そういうものだ。食事は楽しくないとな。……あぁ、あそこにしよう」

ジーノが裏路地の食堂を指す。

イタリアにおいてカジュアルレストランの代名詞である、年季の入ったトラットリアだ。中からはおいしそうな香りが漂い、グラスを手にした人たちが店の外まであふれている。オレンジ色の灯りに郷愁《きょうしゅう》を誘われて、思わず「わぁ…」と声が出た。

「いい雰囲気の店だろう。ここはとびきりうまいものを出すぞ。期待していい」

ジーノにポンと肩を叩かれる。

「さぁ、楽しい食事のはじまりだ」

「行くよ、ジュリオ」

「ん！」

つないでいた手をきゅっと握られる。いよいよお野菜克服大作戦のはじまりだ。

志遠はジュリオと頷き合うと、勇んで最初の一歩を踏み出すのだった。

翌日、志遠はひとりでウフィツィ美術館を訪れた。

本来であれば今日からシッターを務めることになっていたのだけれど、美術館は今回の旅の目的だったこともあり、事情を話して半日ほど融通してもらったのだ。

志遠は展示室の真ん中に立ち、深呼吸をして、作品を取り巻く空気ごと味わった。

今から何百年も前にこの世に生み出された絵画。

芸術家たちはどんな狙いでこの線を引き、どんな思いをこめてこの色を塗ったのだろう。

制作中はどんなことに悩み、どんなことに迷い、どんな毎日を過ごしていたのだろう。

その結晶が、今こうして目の前にある。

自分の絵本もこんなふうに後世に残ったらどんなにいいだろう。

「……って、いくらなんでもそれはないか」

我ながら高望みしすぎだと志遠はそっと苦笑した。

しがない絵本作家が大それた話だ。ただでさえ、新人が食いこむ余地などほとんどないと言われる業界で、次の一冊を出版してもらうことすら奇跡のような話なのに。

――もういい歳でしょう。いつまでも夢みたいなこと言ってないで。

――早く奥さんもらって、天国のお父さんお母さんを安心させてあげなさいな。

親戚の顔が脳裏を過る。

親切だとわかっていても受け止められないことはある。特に、夢だった絵本作家という職業を「子供騙《だま》しの遊び」のように言われて悔しくてしかたがなかった。

——あの時、言い返せたら良かった。

これはれっきとした職業なんだと。一人前の人間としてきちんとやっているんだと。けれど、現実はシビアだ。

絵本の収入だけではとても食べていけない。両親が遺してくれたものを切り崩して食いつないでいる毎日だ。それをよく知るだけに、親戚たちはお節介《せっかい》を焼きたがるのだろう。

——でも、これはぼくの心の支えなんだ。絶対に捨てられないものなんだ。

小さな頃から絵本が大好きだった。何度も読んでとせがむ志遠に、父も母も笑いながらつき合ってくれたっけ。

表紙を捲ればそこはたちまちお伽《とぎ》の国になった。妖精の国に行ったこともある。冒険の旅に出ることもあったし、魔法で虹の上を歩いたこともあった。やりたいことはなんでもできた。絵本の中はきらきらしていて、そこには夢のすべてがあった。

子供の頃に読んでもらった絵本は今でも全部取ってある。

その隣に自分の本を並べることを目標に頑張ってきたし、最初の一冊が出版された時は涙が出るほどうれしかった。両親からもらった『わくわく、ドキドキ』を、今度は自分が次の世代の子供たちにプレゼントする側になれた気がした。

だから、絶対にこれだけは譲れないのだ。

「そうだ。そうだよね」

どんなにスランプに陥っているとしても、大切に思うものから手を離してはいけない。

自分から捨てない限り、希望はいつまでも傍にいてくれると思うから。

だから自分で自分を卑下《ひげ》したり、傷つけたりしてはいけないんだ。

――来られて良かった。

そのことに気づけただけでも大収穫だ。展示作品の十分の一も見られなかったけれど、
またいくらでも鑑賞に来ればいい。

「よし」

三時ギリギリまで美術館で過ごした志遠は、アルノ川に架かるヴェッキオ橋を渡って、
ジーノに指定されたカフェを目指した。「芸術を楽しんだ後はお茶と相場が決まっている」

と約束を取りつけられているのだ。

「ジーノさんとジュリオ、今頃どうしてるかなぁ」

ふたりを思い浮かべると自然と頬に笑みが浮かんだ。

仲良くやっているだろうか。ジュリオはジーノを困らせていないだろうか。昨日会った

ばかりなのに、もうずっと前から知っているような不思議な気分だ。

カフェに着くと、ふたりは先に来ていたようで、大きなオレンジ色の庇《ひさし》の下でのどかにお茶を楽しんでいた。

真っ先に、ジーノのコバルトブルーのジャケットが目に飛びこんでくる。紺色の細身のパンツを合わせ、素足で茶色のストレートチップを履きこなしているところが彼らしい。褐色の肌に映える白いコットンシャツを第二ボタンまで開けて、ラフに着崩しているのも目を引いた。

その向かいでケーキと格闘しているジュリオも白いシャツに青い半ズボンを穿かされ、まさに「お出かけ」といった感じでかわいらしい。

――なんて絵になるんだろう。

ついさっきまで美術館にいたからか、絵画から飛び出してきたモデルのようだ。特に、ジーノはサマになっていて格好いい。

しばらく見惚れ、ようやくのことでふたりのテーブルに近づくと、ジーノは「やぁ」と片手を上げて迎えてくれた。

「楽しめたかい？」

「はい。おかげさまで。ありがとうございました」

礼を言いながら席に着いた途端、ジーノがニヤリと口端を上げる。

「ずいぶん熱心に見つめてくれたじゃないか。彫像にでもなった気分だった」

「……！」

まさか気づいていたなんて。

じわじわとこみ上げる羞恥にギクシャクしながら席に着くと、ウェイターがオーダーを取りにやってきた。

「ご注文はいかがなさいますか」

「えっ。えっと、その……」

動揺しているせいか、メニューを見ても目が泳ぐばかりだ。

そんな志遠に、ジーノがすかさず助け船を出してくれた。

「腹は減ってるか？　昼飯は？」

「いえ、食べてないです」

「それなら彼にパニーノを。それから、俺と同じアメリカーノも」

ジーノはオーダーを通した後で、ふと気になったようにこちらを見る。

「甘いものの方が良かったか？」

その目がジュリオの皿に注がれているのを見て、思わず「ふふっ」と笑ってしまった。

今やぐしゃぐしゃになった茶色いものも、もとはチョコレートケーキだったのだろう。

「いいえ。頼んでいただいたもので」

不思議そうにこちらを見るジュリオに笑いをこらえつつ、志遠はティッシュペーパーを取り出して口の周りを拭ってやった。

ほどなくして志遠の昼食が運ばれてくる。

初夏の陽気に押されてあっという間に生ハムとルッコラのパニーノを平らげた志遠は、コーヒーを啜りながらジーノを見遣った。

「ジーノさんは、今日はなにをしていたんですか？」

「あいかわらずジュリオのお守りだ。きみがホテルを出た途端にグズってな」

「あら……。ジュリオ、ジーノさんを困らせちゃダメだよ？」

顔を覗きこんだ途端、ぷいっとそっぽを向かれる。どうやらこの件に関しては彼なりに思うところがあるようだ。

それなら、大好きなキツネくんに出てきてもらおう。

右手で「コンコン」と鳴いてみせると、ジュリオが弾かれたようにこちらを向いた。

「かわいいかわいいジュリオくん。お昼ごはんは食べたかな？」

「……たべた」

「お野菜も、食べたかな？」

「た…、たべたよ！」

「半分以上、俺の皿に寄越したけどな」

隣でジーノが苦笑している。

「お昼ごはんはなにを食べたの？」

「あかいやつ。おじいちゃんがつくった」

「うん？」

「昨日行ったトラットリアのトマトパスタとサラダだ。あそこは店の親父のこだわりで、昼はポモドーロしか出さないからな」

「へぇ。よっぽど自信があるんでしょうね。ぼくも食べてみたいなぁ」

「心配しなくても、明日からはきみも毎日食うことになるぞ」

「あ、そっか」

顔を見合わせて笑い合う。

ジーノはコーヒーカップを傾けながら「それにしても」と流し目を寄越した。

「わざわざ日本から、美術館を目当てに来るとは」

「絵を観たり描いたりするのが好きなんです。仕事でもあるし……」

口にした途端、またも親戚の顔が脳裏を過る。こうなるともうトラウマだ。

ジーノにまで同じことを言われたらと身構えたものの、けれど彼は笑わなかった。

「絵本作家だと言っていたもんな。好きなことを仕事にできるのは限られた人間だけだ。きみはそれをやってのけた。大したものだ」

「ジーノさん」

驚きに目が丸くなる。これまで「お絵かきだなんて」と苦言を呈されたことはあっても、肯定されたことなんてなかった。

じわっと胸が熱くなる。心が軽くなっていくのがわかる。展示室の中でそうしたようにゆっくり深呼吸をすると、志遠はまっすぐにジーノを見つめた。

「うれしいです。そう言ってもらえて……」

「なにかに熱中できるのは素晴らしいことだ。俺なんて、ハッタリだけで生きてる」

「ハッタリだなんて。堂々としていてとても、その……魅力的に見えます」

「ははは。ドナテッロが聞いたら酷い顰《しか》めっ面《つら》になりそうだ。……俺は昔から八百長《やおちょう》ってやつが嫌いでな。別に正義漢《せいぎかん》を気取るつもりはない、性分なんだ。だからカードゲームでイカサマをやる相手と揉めたり、殴り合いの喧嘩《けんか》もしょっちゅう。そしてあいつはいつも後始末をさせられてた」

「な、殴り合い……」

条件反射で身体が強張る。

そんな志遠に、ジーノはそっと苦笑した。

「怖いか」

「そう、ですね。ぼくはそういうの、したことないし……」

喧嘩どころか、議論だってほとんどしたことがない。人となにかを戦わせることが苦手なのだ。敵意を剥き出しにされようものならその場から逃げ出したくなってしまう。

「ぼく、怖がりでダメなんです。弱虫で……」

「それだって個性のひとつだ。ダメなわけじゃない。それに、危機回避は人間に備わった立派な防衛本能だぞ」

「そうでしょうか」

「もちろん。ちなみに、きみが怖いと思うものは？　それを聞いて俺も気をつけよう」

「えっと……オバケとか……？」

素直に答えてから、さすがにこれは子供っぽかったと手で口を押さえる。

けれど、ジーノは楽しそうに笑った。

「あぁ、それは俺も同意だな。ジュリオもだろう」

「オバケ、やだ！」

「なぁ、嫌だよなぁ。人を脅かすだけで、あいつらには美学ってもんがない」

「もう。ジーノさんったら」

　オバケ相手に美学だなんて、怖い話をしているはずなのに笑ってしまう。

「それから、これは申し訳ないんですけど……暴力はやっぱり怖いし、嫌いです」

　彼が己の正義のために拳をふるっているとわかっても、やはりここは譲れない。

　思いきって伝えると、ジーノはなんでもないことのように笑った。

「気を使わなくていい。そう言われるのは慣れている。価値観は人それぞれ、それでいいじゃないか」

　白いコーヒーカップを傾けながら彼は「な？」と爽やかに片目を閉じる。

「ジーノさんって、すごい……」

　思わず言葉が洩れた。

「こんな自然体で、度量の大きな人になれたらなって憧れてしまいます」

「おいおい、俺に憧れてもいいことなんてないぞ。第一、ドナテッロに怒られる」

　悪戯っ子のように鼻の頭に皺を寄せるジーノに、ついつい志遠もつられて笑う。それが彼の照れ隠しだということくらい自分にもわかる。

「ジーノさんは大らかで、とても包容力のある方だと思います。やさしくて、スマートで、ユーモアがあって、その上オシャレで格好良くて……」

「待て待て。褒め言葉の過剰摂取だ」

ジーノは本気で照れくさそうに髪をかき上げると、コーヒーを飲み干し席を立った。

「そろそろ行こう」

「もう。そんなに照れなくてもいいじゃないですか」

さっさとジュリオを椅子から下ろすジーノに、苦笑しながら志遠も荷物を持つ。

けれど、そのままスタスタと歩き出したジーノを見てびっくりした。

「あの、ジーノさん。お会計は?」

「後でドナテッロが払っておく」

「えっ、近くにいらしたんですか? いつの間に?」

自分が来た時は、テラス席にはジーノとジュリオしかいなかったと思ったけれど。

重ねて訊ねたものの答えはなく、ふり返ってもドナテッロの姿も見えず、不思議に思いながらしかたなしについていく。

「シオン!」

すぐにジュリオが椛のような手を伸ばしてきた。

「うん。お手々つなごうか」

「ん！」

手を握ると、ジュリオはもう片方の手を口元に当ててうれしそうに「うふふ」と笑う。

天使のような笑顔を見ているうちに心がほわっと浮き立った。

「ジーノさん、どこに行くんだろうね。楽しみだね」

「ね！」

ホテルとは逆に向かっているし、散歩だろうか。それともどこかへ寄り道だろうか。

わくわくしながら大通りを歩いていると、とあるディスプレイが目に飛びこんできた。

老舗の高級リネン専門店だろうか、ショーウィンドウが華やかでとてもきれいだ。

「わぁ。シルクかぁ……気持ち良さそう」

立ち止まって見ていると、それに気づいたジーノも足を止めた。

「シルクが好きか？」

「まさか、使ったこともないですよ。ぼくには高級品ですもん」

いつも着ている服もパジャマも、コットン一〇〇％の大量生産品だ。

後ろ髪をかきながらそう言うと、なぜかジーノは店のドアを開けて中へ入っていった。

そうして奥に直行するなり老店員を掴まえ、イタリア語で話しかける。

「彼に似合う最高級シルクのパジャマをいくつか見繕ってもらいたい」

「あ、あの、ジーノさん……？」

「シッターを引き受けてくれたお礼に、きみにちょっとしたプレゼントだ」

「こんな高級品！　五日分のお給料にしたって多すぎます！」

いったいいくらになるのか考えただけでも恐ろしい。

必死に声を潜めて訴えたものの、ジーノは一笑《いっしょう》に付すだけだった。

「品物はホテルに届けてくれ。支払いにはこれを」

ジーノは一枚の紙片を老店員に渡すと、店の中を探検していたジュリオを呼び寄せる。

あれよあれよというまに外に出た志遠だったが、ようやくのことで我に返った。

「ジーノさん、素敵なものをどうもありがとうございました。もったいないくらいです」

「きみが気に入ってくれたならそれでいい」

「でも、届けてもらうにもお金がかかるんじゃないですか？　ぼく、持てますよ？」

「気にするな。できるだけ身軽でいるようにしてるんだ」

ジーノにとってはそれが当たり前のことのようだ。

意気揚々と歩き出した彼の後ろをジュリオとふたりでついていく。

その後もあちこちの店に連れていかれては贈られるプレゼントに驚かされ、ヘトヘトになった頃、「最後にいいものを見せよう」とタクシーに乗せられた。もうこうなってくるとされるがままだ。

やがて辿り着いたのは、小高い丘の上にあるミケランジェロ広場だった。

「うわぁ。きれい……」

夕日に染まるフィレンツェの街並みが一望できる。ドゥオーモの丸屋根や海老茶の瓦屋根、その向こうに連なる山々までもがオレンジに染まり、すべてが美しく輝いていた。

爽やかに吹き抜けていく初夏の風が心地いい。

ジーノに促され、三人並んでベンチに腰かけながら、志遠はうっとりと目を細めた。

「いいものって、この景色だったんですね。夕日がすごくきれいです」

「よろこんでもらえて良かった。連れ回してすまなかったな。疲れたろう」

「とんでもない。ぼくの方こそ、たくさんいただいてしまって……」

シルクのパジャマだけでなく、香水や洋服などありとあらゆるものを買ってもらった。今頃、荷物が届いたホテルの部屋は高級ブティックのようになっているだろう。

「まさか、自分が香水をつける日が来るなんて思いもしませんでした」

「特別に調合させたきみだけの香りだ。これで、きみがどこにいてもすぐにわかる。残り香を辿ることもできるし、きみの移り香を楽しむことも」

ジーノが意味ありげに片目を瞑る。

艶《つや》めいた笑みに胸を高鳴らせてしまい、志遠は慌てて「ふ、服も！」と話題を変えた。

「ありがとうございました。ついでにねだったみたいになってしまって……」

香水を贈られた際、「この格好でつけるんじゃもったいないですね」と言ってしまったがためにハイブランドに連れていかれ、好きな服を選べと迫られ、断ると「それならこのフロアにあるもの全部もらおう」とにこやかに微笑まれたのだった。

「あれには本当に眩暈《めまい》がしました……」

思い出してもクラクラする。

そう言って頭を抱える志遠に、ジーノはくすくす笑うばかりだ。

「変に遠慮なんかするからだ。その上、結局二、三着しか買わなかったじゃないか」

「ぼくにはそれで充分です。むしろお釣りがたくさん来ます」

「人生なんていつどうなるかわからないんだぞ。だったら、その日を楽しんだ方がいい」

ジーノが当たり前のように言う。達観《たっかん》した横顔にぽかんとなった志遠は、何度か瞬きをした後で、ようやくのことで「はぁ……」とため息を洩らした。

「ジーノさんって不思議ですね。知れば知るほどそう思います」

傍らのジュリオは疲れたのか、こっくりこっくり船を漕《こ》ぎ出している。ジュリオを膝枕していると、反対側から「シオン」と名を呼ばれた。

「最後にとっておきのものがある。これを、きみに」

ジャケットの内ポケットから取り出されたのはリボンのついた黒い箱だ。彼が目の前で蓋を開けると、中には美しいペンダントが入っていた。

「きれい……でも、ぼくに……？」

「きみに似合うと思って用意した。受け取ってもらえるとうれしい」

熱っぽく見つめられ、心臓がドクンと跳ねる。

もう一度ペンダントに目を落とすと、シルバープレートには琥珀色の石が埋めこまれているのがわかった。タイガーアイだろうか、白や黄色の縞模様が美しい。

「これ、宝石ですよね。高いんじゃ……」

「さぁ、どうだったかな。それよりよく見てくれ。きみの瞳と同じ色をしているだろう。だから、これはきみがつけるべきなんだ」

「もう。なんですかそれ」

おかしな理屈を大真面目に語られ、笑いながらそっとペンダントを取り出す。

プレートを裏返してみると、こちらにも黒いものが埋めこまれていることに気がついた。

「これも宝石ですか？」

「いや。それはただの石留《いしどめ》だ。気にしなくていい」

横から手が伸びてきて、サッと表に返される。

つけてもらったペンダントを撫でながら、志遠はしみじみとその重みを噛み締めた。

「本当にありがとうございます、ジーノさん。こんなにしていただいて……」

「贈りたいと思ったものを受け取ってもらったんだ。礼を言うのは俺の方さ」

「あ…」

気紛れな風に乱れた髪をジーノがそっと撫でつけてくれる。大きな手で頭部をやさしく包みこむように撫でられて、いけないと思いながらも胸がドキドキ高鳴った。

「きみのことがもっと知りたい。もっと俺に見せてくれ」

「ぼくもあなたのことが知りたいです。ジーノさん……」

熱を帯びた目で見つめられ、息もできないほど鼓動が逸る。

生まれてはじめての甘い疼《うず》きに、志遠は睫毛をふるわせながら溺れていった。


翌日から、三人での楽しいフィレンツェ観光がはじまった。

もともとひとりで名所や美術館を回るつもりだったから、にぎやかな旅に心が浮き立つ。

ジュリオの世話を焼くのは楽しかったし、なにより明るい笑顔に癒やされた。

ホテルで朝食を摂った後はドゥオーモの展望台に上がって眺望を楽しみ、歴史地区を散策する。メリーゴーラウンドが回る華やかなレプッブリカ広場に着いた途端、ジュリオが目を輝かせて木馬を指さした。

「あれのる！　あれ！」

「言うと思った……」

やれやれと嘆息《たんそく》するジーノに、悪いと思いながらも笑ってしまう。

「ジュリオは乗りもの好きなんだねぇ」

「すき！　だいすき！」

「わかったわかった。そう騒ぐな」

兄が宥める声もまるで届いていないようだ。目をきらきらさせながら弾丸のように駆け出していったジュリオだったが、なぜかすぐに回れ右をして戻ってきた。

「シオンも！　いっしょにのる！」

「えっ。ぼくも？」

志遠の戸惑いなどなんのその、ジュリオは袖を掴むなりグイグイと引っ張っていく。対するこちらはされるがまま、ジーノも笑いながら見守るばかりだ。

「ちょっとジーノさん。笑ってないで助けてください」

「いいじゃないか。こういうのも」

「なに言ってるんです。それにこれ、子供用でしょう?」

「大人も乗れますよ」

ふたりの会話を聞いていたらしい係員がしれっと会話に割りこんでくる。

それを聞いて、ジーノはとうとう声を立てて笑った。

「良かったじゃないか。大歓迎だそうだ」

ジーノはポケットからコインを出し、大人用と子供用合わせて三ユーロを係員に渡す。

こうなるともう後には退けない。周囲がみんな子供だろうとここは覚悟を決めなくては。

「言ったろう、その日を楽しんだもの勝ちだって。ほら、ジュリオが待ってるぞ」

ジーノにポンと背中を押される。

思いきって柵の中に飛びこんだ志遠は、ジュリオを水色の木馬に乗せてやると、自分もその後ろに跨がった。

メリーゴーラウンドに乗るなんて何年ぶりだろう。十五、いや二十年ぶりかもしれない。

両親が元気だった頃、自分がまだ小さかった時に遊園地に連れてきてもらって以来だ。

あの時も、柵の外側で見守る両親にたくさん手をふったんだっけ。

思い出に浸っていると、懐かしいメロディとともにメリーゴーラウンドが回りはじめる。

「うごいた！」

「動いたね」

頬を紅潮させ、目をきらきらさせてふり返るジュリオがどこかあの日の自分に重なり、不覚にも泣きそうになってしまった。

——この子もいつか、思い出すかな。

フィレンツェで素敵なメリーゴーラウンドに乗ったこと。ジーノと志遠と三人で束の間の息抜きをしたことを。大きくなる頃には忘れてしまうかもしれないけれど。

——でも、ぼくは覚えているからね。きみが忘れてしまっても全部。

心の中で語りかけ、誓いとともにジュリオのお腹に回した腕に力を籠める。

「ん？」

ふり返ったジュリオは満面の笑みだ。

だから志遠も明るく笑い返すと、今この瞬間を楽しむことに決めた。

「あ、ジーノさんだよ。ジーノさーん！」

木馬が近づいたタイミングで大きく手をふってみる。驚くジーノがおかしくて、ジュリオとふたりで顔を見合わせてくすくす笑った。

「ジーノさん、びっくりしてたね」

「してた」

「次はジュリオも手をふってみる？」

「ふる！　ユーも！」

「よーし。じゃあ、身を乗り出さないようにしてね。ジーノさんをびっくりさせよう」

「させよう！」

木馬が再びジーノに近づく。ジュリオがきゃっきゃと手をふると彼は兄らしい笑顔で、志遠が手をふるとおかしそうな、うれしそうな、なんとも言えない笑顔でそれに応えた。

ほどなくして、夢のような時間が終わる。

案の定「もっと！」と言いはじめたジュリオを抱っこしてジーノのもとに戻ると、彼は苦笑しながら弟を引き剥がしてくれた。

「ずいぶんと楽しそうだったな。乗る前はあんなに渋っていたくせに」

「乗ってみたらおもしろくて。ジーノさんも試してみます？」

「いや、俺は遠慮しよう。生憎《あいにく》乗りものは苦手でね」

ジーノが苦笑しながら軽く肩を竦める。

そんなこんなで、すっかり童心《どうしん》に戻って楽しんだ後はジーノ行きつけのトラットリアでポモドーロに舌鼓を打ち、向かいの菓子屋に寄ってホテルに戻った。

食事中からうつらうつらしていたジュリオは、ベッドに横たえるや寝息を立てはじめる。はしゃいでいる時は小悪魔にもなるけれど、こうして眠っている姿はまるで天使だ。

「ふふふ。かわいい」

「自慢の弟だ」

ジーノがおだやかに微笑みながらジュリオの額にキスを落とす。

彼は「なにかあったら呼んでくれ」と言い残し、仕事をしに部屋を出ていった。

ここはホテルの最上階で、複数の部屋で構成されている、いわゆるスイートルームだ。ジーノとジュリオにはそれぞれ寝室があるし、中央には皆が集うリビングや応接間もある。志遠も余っている部屋のひとつを使わせてもらっていた。

――――こんな世界もあるんだなぁ……。

ジュリオのベッドに寄りかかり、あらためて部屋を見回しながら嘆息する。どこにでもある安宿を想像していただけに、連れてこられた時は驚いたものだ。

――――ジーノさんって、お金持ちなんだな。

あれだけ羽振《はぶ》りのいい人だ。ホテルにもこだわりがあるんだろう。実業家と言っていたけれど、普段はどんな仕事をしているんだろう。どんなところに住んでいるんだろう。

――もっと知りたいな。ジーノさんのこと……。

彼のことを考えただけでなんだか心がくすぐったくなる。

トクトクと胸を高鳴らせながらも、ブランケットの手触りに眠気を誘われ、はしゃいだ疲れも相まっていつしか志遠は深い眠りに落ちていった。


目が覚めると、三時近くになっていた。

「あ、寝ちゃってた……」

ジュリオの方を見ると、まだぐっすり眠っているようだ。志遠は彼を起こさないように身なりを整え、リビングに出てお茶の仕度をはじめた。

昼食の帰りにおいしそうなカンノーロを見つけ、おやつにしようと買ってある。

カンノーロというのは、筒状に揚げた生地の中に甘いクリームをたっぷり詰めた、シチリアの伝統菓子だ。クリームにはリコッタチーズとレモンが入っているので甘く爽やかで、イチゴやピスタチオ、チョコレートなど様々なトッピングも楽しめる。

茶器や皿を並べていると、奥の部屋からジーノとドナテッロが出てきた。

けれどふたりはリビングにいる志遠に気づかないのか、小声で話し続けている。

「――近頃のおまえは羽目を外しすぎだ。旅行気分なんじゃないだろうな」

「やれやれ。またお説教か」

「ここにいる理由を思い出せ。その上、よくわからんやつまで懐《ふところ》に入れやがって……」

「そう心配するな。後腐れなくうまくやるさ」

自然と会話が耳に入ってきた。

旅先でまで仕事の話だろうか。息抜きもままならないなんてジーノも大変そうだ。

「いいか。とにかく油断するな。今のところおかしな動きはないが、いつなにがあってもおかしくないんだからな。フィレンツェに来てまで大騒ぎはご免《めん》だぞ」

「わかったわかった。ご忠告感謝する。おまえは引き続き監視を続けてくれ」

ジーノが「降参」とばかりに両手を上げ、ドナテッロも嘆息で応える。

話が一段落したこともあってか、ふたりはようやくリビングの志遠に気づいたようだ。

「シオン。いたのか」

「えっと……そろそろ三時ですし、お茶にしようかなって」

ジーノとドナテッロは無言で目を見交わした後、ジーノだけがリビングにやってきた。

ドナテッロはその場から動かず、じっとこちらを注視している。

なんとなく居心地悪いものを感じつつも、志遠はジーノに向かって微笑みかけた。

「お仕事ですか？　お忙しそうですね」

「あぁ、ちょっと急ぎの用件があってな。きみはなにをしていた？　ジュリオは？」

「まだぐっすり眠っています。……実は、ぼくも一緒にうたた寝しちゃって」

照れ笑いしながらそう言った時だ。

「おまえはシッターだろう。子供から目を離してどうする」

突然、ドナテッロが割って入ってくる。

「ジュリオは大切な子供だ。万が一のことがあったらどう責任を取るつもりだ」

「おい。ドナテッロ」

ジーノが慌ててそれを窘めた。

「ジュリオをずっと遊ばせてシオンも疲れていたんだ。それに、ここには俺たちもいる。そんなにピリピリするな」

取りなしにもドナテッロは鼻を鳴らすばかりだ。信用ならないと言われているのだ。

それでも指摘されたことはもっともだし、今さら言い訳のしようもない。志遠は叱責《しっせき》に竦《すく》んだ身体を奮《ふる》い立たせてふたりに向かって頭を下げた。

「ドナテッロさんのおっしゃるとおりです。すみませんでした」

「いいんだ。ジュリオの安全は俺が保障すると約束している。だから、きみもあまり気に病《や》まないでくれ。……さぁ、それよりせっかく準備してくれたんだ。お茶にしよう」

ジーノにやさしく背中を押される。

それに勇気をもらうようにして、志遠はもう一度ドナテッロを見上げた。

「あの、よかったらドナテッロさんもご一緒にいかがですか。カンノーロがあるんです」

「いらん」

バッサリ切って捨てると、ドナテッロはそのまま踵《きびす》を返して出ていってしまう。

「まったく、融通《ゆうずう》の利かないやつだな……。気にするな。あいつの分のカンノーロは俺が責任を持って平らげよう」

「それ、ジーノさんが食べたいだけなんじゃ……」

「バレたか」

悪戯っ子のように笑うジーノに、志遠もつられて苦笑を浮かべる。ついさっき気持ちが強張ったばかりだからか、彼のやさしさが特別沁みた。

お昼寝から覚めたジュリオを迎えにいって着替えを手伝い、リビングへ連れてくる。

最初は寝惚《ねぼ》け眼《まなこ》だったジュリオも、カンノーロを見るなり目をきらきら輝かせた。

「おやつ！　ユーのおやつ？　たべていいやつ？」

「そうだよ。これからみんなで食べるんだよ」

「はやく！　はやくたべよ！」

ジュリオは自分から進んでテーブルにつき、早く早くと志遠を見上げる。二歳児に一本そのままは多いので、三分の一に切ったものをジュリオの皿に乗せてやった。

「はい、どうぞ。両手で持って食べるんだよ。一口ずつね」

ジュリオは真剣な表情でカンノーロを持ち上げ、ごくりと喉を鳴らした後で齧《かぶ》りつく。

その途端、ぱあああ……！　と笑顔になった。

「お、い、ひ、い！」

渾身の力を籠めた「おいしい」だ。大絶賛にジーノと顔を見合わせて笑ってしまった。

「良かった。ゆっくり食べてね」

「さぁ、俺たちもいただこう」

ジーノに促され、志遠もお菓子に手を伸ばす。イタリアは第二の故郷と言いながらも、見た目のインパクトに押されてカンノーロだけは未体験だ。

おそるおそる一口頬張った途端、口の中にレモンの爽やかな風味が広がった。

「わっ、おいしい……。もっと重たい感じなのかと思ってました」

「俺の祖父も父も甘いものに目がなくてな。贔屓《ひいき》にしてる店のカンノーロを買って帰るとよろこんでくれたもんだ。イタリア男のソウルフードだな」

「じゃあ、ジーノさんやジュリオにとっても？」

「もちろん。なぁ、ジュリオ？」

「んっ！」

ジュリオは口の周りや両手をクリームでベタベタにしながら満面の笑みを浮かべる。

「大好きなおやつが食べられて良かったねぇ。ジュリオ」

「うふふ」

見ているだけでうれしくなってしまうようなピカピカの笑顔だ。

楽しいお茶会の後はジュリオと一緒にお絵かきをしたり、ふたりでキツネくんのお話を考えたりして過ごした。ジーノはまだ仕事があるとのことだったので、ここぞとばかりに童心に返って遊ぶことにした次第だ。

ジュリオはお絵かきが大好きらしく、志遠には思いもよらない色や形で勢いよく画面を埋めていく。子供の自由な発想を見ているうちにわくわくと胸が高鳴った。

こんな気持ちはどれぐらいぶりだろう。絵を描きながら高揚感《こうようかん》を覚えるなんて。

スランプでささくれていた心が少しずつ癒やされていくのがわかる。

夢中になって色塗りをしているジュリオに「ちょっとお手洗いに行ってくるね」と声をかけ、部屋の外に出たところで、リビングでコーヒーを淹れているジーノを見かけた。

「お仕事の方はいかがですか」

「一段落したところだ。……ちょうどいい。少し話したいことがあるんだが、いいか」

目でリビングのソファを指される。

並んで腰を下ろすなり、ジーノは心配そうに顔を覗きこんできた。

「きみが気にしているんじゃないかと思ってな」

「え？」

不思議そうな顔をするのを見て、ジーノは苦笑に頬をゆるめる。

「その様子だと俺の取り越し苦労だったか。さっき、ドナテッロに言われたことできみが『シッターをやめたい』と言い出したらどうしようかと」

「まさか。いきなりそんなこと思ったりしませんよ。ジュリオとも仲良くなれましたし、ぼくにとってもいい刺激になっていて楽しいですから」

「それを聞いて安心した。あいつはキツいところがあるんだ。許してやってくれ」

「許すもなにも、間違ったことは言われていません。それに、気づきを与えてくれたことには感謝してるんです。もしものことがあってからじゃ遅いですし」

そう言うと、ジーノは目を丸くした。

「あんなことを言われて、よくまぁそんなやさしい言葉が出るもんだ」

「そうでしょうか」

「普通イラッとするだろう。もう少し言い方ってもんがあると説教したくなる」

「普段、それをそのまま言ってるんですね。ドナテッロさんに」

思わず「ふふっ」と笑みが洩れる。

ジーノは否定することなく、やれやれと肩を竦めてみせた。

「あいつは昔からああなんだ。なんというか、人の心の機微《きび》に疎《うと》い」

「そんなこと言ったら怒られちゃいますよ。ジーノさんだって、ドナテッロさんに助けられることも多いでしょう?」

「まぁな。実際イタリアくんだりまでつき合わせてるし、世話になってる。……俺たちはガキの頃からの腐れ縁なんだ。あいつは昔から俺の行くところどこへでもついてきた」

「へぇ。幼馴染みだったんですね。どんな子供時代だったんですか?」

訊ねた途端、ジーノはハッとしたように話すのをやめる。

「……いや、少し喋りすぎたな。どうもきみといるとペースが崩れる」

「やめちゃうんですか? せっかくおふたりのことがわかると思ったのに……」

彼のことをもっと知りたいと思っていただけに、尻切れトンボになるのは残念だ。

名残惜しさを感じていると、明るい声とともに「それ」と胸元を指された。

「ペンダント。つけてくれているんだな」

「あ…、はい。こういうものはつけ慣れなくて、なんだかくすぐったいです」

「きみによく似合ってる。これからも毎日そうしてくれ」

艶めいた目で見つめられ、やさしく微笑まれて胸が高鳴る。

無意識に指先で触れたペンダントは鼓動が伝わったかのようにあたたかかった。

――ジーノさんが、似合うって言ってくれた……。

とても照れくさいけど、でも、うれしい。こんな気持ちははじめてだった。

ジーノとジュリオ、ふたりと一緒にいるほどにスランプで強張っていた心が解けていく。

少しずつもとの自分を取り戻しているような、もっと素敵ななにかに生まれ変わっていくような、そんな気がするのだ。

――このままずっと、三人で楽しく過ごせたらいいな。

思ったことが顔に出ていたのか、ジーノが「ふっ」と含み笑った。

「まったく……きみって子は不思議だな。少しは俺を警戒したりしないのか？」

「警戒？　どうしてです？」

訊ねた途端、今度は両手を広げ、芝居がかった調子でため息をつかれる。

「その純粋無垢《むく》さはまさに感嘆に値《あたい》する」

「……それ、褒めてます？　貶《けな》してます？　どっちかっていうと後者ですよね？」

「ははは。鋭いところもあるんだな」

「もう！」

頬を膨らませてみたものの長くは続かず、結局一緒になって笑ってしまう。

ジーノの寄越したウインクは、甘美な矢となって志遠の胸に留まるのだった。

＊

出会って三日が経つ頃には、この関係にもだいぶ慣れてきた。

それと同時に、不思議に思うことも増えた。

ジーノはドナテッロだけでなく、現地の人間にもやたら顔が利くようなのだ。

トラットリアの主は子供の頃から彼を知っているような口ぶりだし、タバッキの店員も目でなにかを伝えてくる。すれ違う通行人ですら小声で囁いてくることもあった。

旅行で来ているはずなのに地元のようだ。それでもイタリアは五度目だと言っていたし、もともと気さくな性格だから、単に交友関係が広いだけなのかもしれない。

そんなささやかな違和感を覚えつつ、史跡巡りを楽しんだ日の午後。

「そろそろお茶にしないか」

仕事が一段落したのか、珍しくジーノが子供部屋に顔を出した。

志遠は眠っているジュリオのブランケットをかけ直して立ち上がる。

「それならぼく、おやつを買いに行ってきます。疲れた時には甘いものがあった方がいいでしょう?」

「それはありがたい。ジュリオは俺が見ていよう」

満面の笑みで応えるジーノに噴き出しつつ、志遠は財布だけ持ってお使いに出た。

といっても、行き先はホテルから目と鼻の先にある菓子屋だ。

「なににしようかなぁ。ボンボローニか、アマレッティか……って、わぁっ!」

考えごとをしながら歩いていたせいで、見事に段差に躓いてしまった。まるで子供だ。

大きな声は出てしまうし、路地から飛び出してきた人とはぶつかりそうになってしまうし、恥ずかしいったらない。

「すみません。大丈夫でした、か……」

苦笑しながら、飛び出してきた男の方を向いた志遠は息を呑み、その場に凍りついた。

彼が持っていたのがナイフだったからだ。ギラリと光る刀身に呼吸が止まった。

――もしかして今、あれで刺されそうになった……？

気づいた瞬間、全身にザーッと鳥肌が立つ。

すぐに踵を返しかけたものの、いつの間にそこにいたのか、背後に別の男が立っていることに気づいてゾッとした。

挟まれた――。

身を竦ませる志遠を、ナイフを持った男が無機質な目で見下ろしてくる。前を塞がれ、退路を断たれ、志遠はとっさに脇道に飛びこんだ。

人ひとり通るのがやっとな隘路は、高い建物に囲まれているせいで昼間なのに影もできない。薄暗い路地を懸命に走り、もう少しで向こう側に出られると思った、その時だ。

「残念だが行き止まりだ」

「な…っ」

第三の男が立ち塞がる。志遠の行動を読んで待ち構えていたのだろう。

ふり返れば、先ほどのふたりがゆっくり近づいてくるところだった。

今度は逃げられるような横道もない。窓や扉もなければ、二階に伝い逃げできるようなパイプも、足がかりにするためのゴミ箱もない。

心臓が壊れそうなほどバクバク鳴る。嫌な汗が背中を伝う。

——どうしよう。どうしよう。どうしよう。

「おとなしくしろ。言うことを聞けば今すぐここで殺したりしない」

「こ…、殺すっ……？」

恐怖のあまり声がひっくり返る。ゲホゲホと噎《む》せる志遠に、男たちは顔色ひとつ変えず通りの方を顎でしゃくった。

「脇道を出たところに黒い車がある。黙って乗れ」

「な、なんで……ぼく、お金なんて持ってません」

「おまえの金に興味はない。必要なのはその身体だ。さぁ来い」

強引に二の腕を掴まれ、そのまま引き摺られて恐ろしさのあまりパニックになる。

「やめて……やめて、放してっ……！」

「うるさい。死にたいのか」

冷たいナイフを喉に当てられ、志遠は声にならない叫びを上げた。あとほんの少しでも男が腕に力を籠めれば、切っ先は喉を掻き切るだろう。

ガクガクとふるえるばかりの志遠の背を、男が苛立ち紛れにドンと押した。

「つべこべ言わずにさっさと行け」

「あっ」

突然のことに足が縺《もつ》れて転んでしまう。

それでも、強かに打ちつけた膝の痛みより今は焦りの方が強かった。

――ジーノさん……！

ついさっきまで一緒にいたのに、まさかこんなことになるなんて。このままでは二度と会えなくなるどころか、名前すら呼べないまま殺されてしまう。

「手間をかけさせるな。死にたいのか」

蹲《うずくま》ったままの背中を今度は足でドンとやられた瞬間、志遠の中でなにかが切れた。

「ジーノさん！　助けて！」

「おい。静かにしろ」

「ジーノさん！　ジーノさん！　お願い助けて、ジーノさん……！」

声を限りに叫んだのも束の間、後ろから首に腕を回されて締め上げられる。

「……う、……ぁっ……」

息もできないまま引き摺られ、路地の向こうに連れていかれそうになった志遠は懸命にホテルに向かって手を伸ばした。

あの明るい世界、あそこにもう一度出られたなら――。

「シオン！」

その時、どこからか自分を呼ぶ声がした。

ハッとして目を凝《こ》らせば、ジーノが路地に駆けこんでくるのが見える。

「手を放せ！」

ジーノはそう言うや、ナイフを持った男に殴りかかった。突然のことに身動きが取れずにいる間に男は拳を左頬に受け、ナイフを取り落として昏倒《こんとう》する。

解放されたことにホッとしたのも束の間、今度は別の男に後ろから押さえつけられた。

「おっと、そこまでだ。こいつがどうなってもいいのか」

男は、志遠の頭に固く冷たいものを押し当てながらジーノを威嚇《いかく》する。それが銃口だと気づいた瞬間、今度こそ全身から血の気が引いた。

けれど、ジーノは怯《ひる》まない。昏《くら》い目で男を見据えるだけだ。

「一般人相手に情けない。そんなものを不用意に出すんじゃない」

「なんだと、貴様……グッ！」

突然、なんの前触れもなく男が倒れた。ドナテッロだ。男の背後を取った彼が足払いを食らわせたのだ。

だが、やったと思う間もなく、ドォン！　という爆発音が辺りに響き渡った。

「シオン！」

ジーノに腕を引かれ、無我夢中で縋りつく。

しばらくして辺りの様子を窺うと、銃を構えていた男は怪我をしたらしく、血を流して呻《うめ》いていた。ナイフの男は気を失ったようでピクリともしない。周囲には濛々《もうもう》と煙が立ち籠め、硝煙《しょうえん》の匂いが漂いはじめた。

「な、なんだったんですか、今の……」

「落とした弾みで銃が暴発したんだろう。安全装置を掛けていなかったんだ。クソが」

吐き捨てるジーノの目はひどく冷たく、見たことのない顔をしている。

同じく鋭い目つきのドナテッロとともに手慣れた様子で淡々と事後処理していくのを、志遠はただただ圧倒されながら見守った。

「おい。なんかすごい音がしたぞ」

「ここの路地じゃないか。煙が出てる」

野次馬たちが集まってきて、辺りはたちまち騒然となる。

舌打ちしたジーノに促されるまま、志遠は倒れた男たちを踏み越えて奥の通りに出た。

ホテルの裏側をぐるりと回るようにして別の路地に入り、小さな扉から中へ駆けこむ。

驚いたことに、そこはいつものホテルだった。従業員の出入口なのかもしれない。

部屋に戻った志遠たちはすぐにドアを閉め、鍵をかけて、一様に重いため息をついた。あまりに衝撃的な出来事のせいで事実を受け止めることができない。ドナテッロがすべての部屋を点検している間、志遠は力なく椅子に腰かけた。ジーノはスマートフォンを操作してどこかへメッセージを送ったようだ。

ドナテッロが戻ってくるなり、ジーノは早口のイタリア語で指示を出した。

「ティツィアーノの周辺を洗え。礼をしに行く」

仕事部屋に移動するドナテッロの背中を見送って、志遠はそろそろと口を開く。

「……さっき、どうしてぼくの居場所がわかったんですか」

「きみの香りを追ったんだ。香水が役に立ったな」

なるほど、教えるつもりはないらしい。

「ぼくを襲った人を知ってるんですね」

単刀直入に訊ねると、ジーノは一瞬顔を顰めた。

「まだ決まったわけじゃない」

「どうして心当たりがあるんですか。普通、そんなことあり得ませんよね」

「たまたまだ。勘が冴える時がある。きみだってそういうことはあるだろう」

「人攫いに思い当たる節なんてないです。ましてやここはイタリアですよ。日本でもないのにどうして……」

　そこまで言って、志遠はハッと言葉を呑む。

「………ぼくじゃなくて、あなたを狙った……？」

　ジーノの顔を見た瞬間、想像は正しかったのだとわかった。

「で、でも、ジーノさんも旅行で来てるって……住んでいるのはアメリカなんですよね。それなのに旅行先で狙われるなんておかしい。そんなのまるで、あなたの後を追っているみたいじゃないですか」

「シオン」

「さっきの人たちに追われてるんですか、ジーノさん。もしかして犯罪とかに巻きこまれてるんじゃ……国を超えて追いかけてくるなんてよっぽどです。警察だって国境を越えて手出しはできないはずです。あの人たちなんなんですか。そんな人に心当たりがあるってどういうことなんですか。答えてください、ジーノさん」

　夢中で詰め寄るうちにジーノの顔から表情が消えた。自分を襲った男たちに見せたのと同じ冷たい目だ。彼はにこりともしないまま、静かに口の端を持ち上げた。

「きみはずいぶんと勘がいい。もっとのんびり屋さんだと思っていたが」

「……っ」

まるで別人だ。自分が知っているジーノではない。

「……あなたは、誰ですか」

「訊いてどうする」

「知りたいんです。本当のことが」

「今まで聞いてきた話が嘘だとしても？」

耳を疑った。出会って四日、短いながらも積み上げてきたものを一撃で壊されるような強いショックだ。

ジーノは目の前の椅子に腰を下ろすと、挑《いど》むようにこちらを睨めつけてきた。

「俺は、マフィアだ」

「……え？」

「俺の居所を突き止めた対抗組織の連中が、イタリアマフィアに手を回してきみを襲わせたんだろう。もうすぐ息の根を止めてやるっていう脅《おど》しだ」

「………………」

あまりの衝撃に言葉も出ない。

「息の根を、止める……？」

「アメリカでちょっとな」

聞けば、対抗組織との間にちょっとした揉めごとを起こしてしまったのだそうだ。事件自体は揉み消したものの、ほとぼりが冷めるまで行方《ゆくえ》を晦ますことになり、やむなく弟のジュリオを連れて第二の母国へ逃げてきたのだと言う。

「ジーノというのもただの偽名《ぎめい》だ。よくあるだろう」

彼はそう言って軽く肩を竦めてみせる。

最初はヴェローナに身を潜めていたが、連れてきたシッターが殺されたことから、より人目が多く、懇意にしているものも多いフィレンツェに拠点を変えたのだと言われて頭の中が真っ白になった。

「そんな……」

マフィアなんて、映画の中の存在だと思っていた。裏社会で生きている恐ろしい人たち。目的のためには手段を選ばず、眉ひとつ動かさずに人を殺す。

密かに惹かれていた相手がそんな存在だったなんて。

強い衝撃を受けるとともに納得もする。

シッターが殺された。だから彼は新しい子守が必要だったのだ。子供が好きで、英語やイタリア語を解す自分はさぞ都合が良かっただろう。

どんなに親密になったとしても、所詮は数日だけの関係。その間嘘をつき通すことなどたやすく、時が来ればなんの苦労もなくサヨナラできる。彼がドナテッロに対して言った、「後腐れなくうまくやるさ」という言葉が今さらながら脳裏を過った。

そう。不思議に思うことはいくらでもあった。

出会ったばかりの自分に妙にやさしくしてくれたり、プレゼントと称して様々なものを贈ったり。ジーノに声をかけてきた人たちは皆、彼が何者であるかも、どんな理由でここにいるかも知っていたに違いない。その上でさりげなく情報提供をしていたのだ。

何度も不思議に思っていたのに、深く考えずにうやむやにしていた。それどころか胸を高鳴らせ、甘い予感に心をときめかせていたなんて。

全部、嘘だったんだ――。

足下の砂が崩れていくような途方もない焦燥感《しょうそうかん》に志遠はぎゅっと目を閉じる。

それでも、ジーノたちと過ごした楽しい時間まで嘘だったなんて思いたくない。たとえ正体を偽《いつわ》っていても、自分を利用するためだったとしても、そこから生まれた気持ちまで否定することは誰にもできない。

――ぼくの心はぼくのものだ。

自分に強く言い聞かせるように心の中で呟いた。

きっと自分は、メリーゴーラウンドを見るたびあの日を思い出す。ジュリオを抱き締め、ジーノに手をふった、あのしあわせな気持ちとともに。それは自分にとって大切なものだ。誰であろうと、ジーノでさえも、それを奪ったり踏《ふ》み躙《にじ》ったりすることはできない。

――そう。全部が嘘なんじゃない。この気持ちだけは本物なんだ。

大きくひとつ深呼吸をし、痛みを堪えて顔を上げる。

「がっかりしたか」

「そう…、ですね。やっぱり、嘘をつかれていたことはショックです」

見たことのない顔のジーノと向き合うことも。

「それでも、事情があったこともわかります。……一緒にいられて楽しかったし、ぼくにとってもいい滞在になったと思うから、あなたを責めるつもりはありません」

嘘偽りのない、本当の気持ちだ。

まっすぐに告げる志遠に、ジーノは信じられないというように目を瞠った。

「驚いた。きみはとんでもないお人好しだ。それとも肝《きも》が据わっていると言うべきか」

「そうでしょうか」

「なるほどな。どおりでシッターを引き受けてくれたはずだ」

「困った時はお互いさまです。……それに」

一度言葉を切り、打ち明けるかどうか少し迷ってから思いきって口を開く。

「あなたに惹かれてしまったから」

自分だって打算がなかったわけじゃない。それを心に秘めていたのも彼と同じだ。

「俺は男だぞ」

「同性を好きになる人間だっています」

ジーノが言葉を呑む。

「ジーノさんと出会って、生まれてはじめて人を好きになりました。恋愛なんてぼくには一生縁がないものだと思っていたから、夢を叶えてもらったような気持ちです」

彼といるとドキドキして、ふわふわして、本当にしあわせな毎日だった。

「きみはどこまで純粋なんだ。わかってるのか。俺はきみを利用していたんだぞ」

「わかってますよ。そのお礼にたくさんのものをいただきました。……失恋は、できたらほしくなかったプレゼントですけど」

けれど、それはしかたないことだ。どのみち偶然出会った旅人同士、ずっと一緒にいることはできない。最初から叶うことのなかった恋なのだから。

またも胸がズキンと痛む。

それでも、志遠は目に焼きつけるつもりでジーノを見つめた。

「四日間、楽しかったです。ジーノさんのおかげです。ありがとうございました」

「……っ」

「それと、まだ途中なのに申し訳ないですが、シッターも終わりにさせてください」

ジーノが焦ったように立ち上がる。

大きな反応に驚きつつ、志遠は目の前のジーノを見上げた。

「ジーノさんだって知ってるでしょう。ぼくが怖いものが苦手だって
さっきだってすごく怖かった。またあんなことが起きたら耐えられない。ましてやジュリオが狙われたりしたら、素人の自分が守ってやれるわけがないのだ。

「あの子のためにも、ちゃんとしたプロの方を雇ってあげてください」

「だがあれはきみに懐いている」

「それはとてもうれしいです。ぼくだってジュリオが大好きです」

「それなら」

「だけど！」

意を決して語尾を奪う。

「ごめんなさい。ぼく自身が、マフィアや暴力沙汰《ざた》に関わりたくないんです。そう言えばわかってもらえますか」

彼のアイデンティティにも関わることだけに、真っ向から否定するのはさすがに辛い。

それでも、これだけは志遠も譲れないのだ。

どれくらい見つめ合っていただろう。

ジーノはわずかに目を眇《すが》めた後で、再び椅子に腰を下ろした。

「きみの言いたいことはわかった。だが、やめてどうする？　明日からまたひとりで観光でもするつもりか」

「そうですね。まだあと一日ありますし、それに、もともとひとりの予定でしたし」

「……残念だが、それはできないと思った方がいい。きみの顔は覚えられている」

「そんな」

「俺たちと別行動するということは、自分を危険に晒《さら》すことと同義だ。その都度居場所を突き止めて助けに入るにも限度がある。一応、保険はかけてあるが」

「え？」

「きみがペンダントをつけている限りな」

首元に視線を向けられる。

「そいつには、マイクロGPSを仕込んである」

常に位置情報を取得し、志遠が対抗組織などとつながりがないか確かめていたと言う。

——それはただの石留だ。気にしなくていい。

ペンダントをくれた時、裏面を気にする自分に彼は言った。あれも嘘だったのだ。

「見張っていたんですか？　ずっと？」

「現在地を追跡するだけだ。実際、役にも立っただろう」

残り香を辿れたら良かったんだがと肩を竦めると、ジーノは顔から笑みを消した。

「居場所が特定された以上、俺たちはすぐにここを離れる。だが、きみをひとりで置いていくわけにはいかない」

「そんなこと言ったって……イタリア中を転々とするつもりですか」

「いいや。日本だ」

「えっ？」

もともとその腹づもりがあったのだろう。ジーノが挑むように見つめてくる。

「日本ならきみに土地勘がある。普段の生活に戻れればきみの気持ちも落ち着くだろう。道中の安全は俺が保障する。だから、一緒に日本に行ってほしい」

「そ、そんな無茶苦茶な……」

マフィアと行動をともにするなんて考えられない。それも日本に連れ帰るだなんて。

第一、志遠が持っている帰りのチケットは明後日の便だ。それに、ジーノやジュリオ、ドナテッロの航空券だってこれから手配しなければならないのに。

考えていることが顔に出ていたのか、ジーノがニヤリと口角を上げた。

「心配するな。こういう時のために足がある」

飛行場の倉庫に専用の小型機を待機させているそうだ。

「そんなこと言われたって……」

「いいのか。ここにいたらまた襲われるぞ。永遠に日本に帰れなくなる。それに、きみがいなくなればジュリオも寂しがる。あれは母親を亡くしたばかりで甘えたい盛りなんだ。あの子のためにも頼む」

「……っ。狡《ずる》いですよ。こんな時に子供まで持ち出すなんて」

「それが俺たちマフィアのやり方だ」

淡々と言われて唇を噛んだ。これではまるで嵌め殺しだ。悔しいけれど、他に取るべき選択肢がない。

志遠は固く目を閉じ、心を決めると、まっすぐにジーノを見上げた。

「わかりました。一緒に日本に行きます。ジュリオのシッターも続けます。その代わり、日本に着いたらすべてを正直に話してください」

「よし。交渉成立だ」

すぐにドナテッロが呼ばれ、大急ぎで荷物をまとめる。ものの三分で裏口からホテルを出ると、手配しておいたタクシーに四人で乗りこんだ。

「どこか、いくのー？」

お昼寝の途中で起こされたジュリオはまだ眠たそうだ。こしこしと目を擦りながら胸に頭を押しつけてくるのを、志遠はやさしく抱き締めた。

――まだこんなに小さいのに、大人の都合でかわいそうに……。

事情は話せないけれど、せめて少しでも楽しい気持ちにしてあげたい。

「これから冒険の旅に出るんだよ。キツネくんも一緒だよ」

コンコン、と右手でいつもの形を作ると、ジュリオはパッと顔を上げた。

「わっ、キツネくん！」

「さぁ、出発だ。準備はいいかな？」

「いいよ！　ぼうけん、たのしみ！」

無邪気に笑うジュリオにつられて志遠も「ふふふ」と笑う。いつだって元気をもらっているのは自分の方だ。

「ありがとうね、ジュリオ」

「んー？」

かわいらしく小首を傾げたジュリオの額にキスを贈る。

「なんでもないよ。ジュリオ、だーい好き」

「へへ。へへへ。あのね、ユーも！」

ジュリオは照れくさそうにもじもじした後で、ぽふっと志遠の胸に顔を埋めた。

やわらかな巻き毛を撫でてやりながら志遠は車窓に目を移す。

いろいろなことが一度に起きて頭がもうパンクしそうだ。恋をした相手はマフィアで、逃避行に同行するなんて。まるで予測もつかないはじまりこそ『冒険の旅』そのものだ。

――なんだか、絵本の主人公になったみたい。

こんな時でも呑気な発想が出るのは前向きな母に似たのだろうか。

それでも、くすっと笑えたおかげで少しだけ肩の力が抜けた。

複雑な思いを抱えつつ、空港に横づけされたタクシーを降りて飛行機に乗りこむ。

なめらかに滑走路を滑り出したプライベートジェットは、遥《はる》か日本に向け、イタリアの空に舞い上がった。


羽田《はねだ》空港から私鉄に乗り、品川《しながわ》でＪＲに乗り換えて恵比寿《えびす》で下りる。

見慣れた風景をぐるりと見回し、志遠は安堵のため息をついた。

フィレンツェのホテルを飛び出して十五時間。

人であふれた構内は同じだけれど、電光掲示板に表示される日本語が、自動改札機から鳴り響く機械音が、馴染みのある場所に帰ってきたことを実感させる。

志遠は三人を西口に誘導すると、一緒に黒塗りのタクシーに乗りこんだ。

日本での滞在先をどうするか飛行機の中で話し合った結果、三人とも志遠のマンションで暮らすことになった。

「一緒に日本に行ってくれ」という話が「一緒に住んでくれ」になったのには驚いたが、乗りかかった船だ。彼らを空港に置き去りにするなんてできないし、ホテルに泊まらせようにもパスポートチェックでトラブルになると言われ、それもそうだと納得した。

――まさか、同居することになるなんて……。

助手席から後部座席のジーノを見遣る。

長旅に疲れも見せず、悠然と構える彼は青年実業家と呼ぶのにぴったりだ。それが表の顔だと知った今となっては却って底知れぬものを感じてしまう。

目黒川《めぐろがわ》を渡ったタクシーはしばらく走り、閑静な住宅街の一角で止まった。

地上八階建てのマンションは、志遠が高校生の頃に両親が購入した分譲物件だ。新築で部屋数が多いのが売りで、両親亡き後はここでひとり暮らしをしている。

タクシーを降り、エレベーターで五階へ上がると、志遠は一週間ぶりにドアを開けた。

「どうぞ。散らかってるのは見なかったことにしてくださいね」

「いい家じゃないか。お邪魔しよう」

大きなスーツケースは三和土《たたき》に残し、順番に靴を脱いで上がってもらう。

「玄関を入ってすぐの二部屋は、今は使っていないので好きにしてもらって構いません。こっちがバスルーム、ここがトイレ。廊下をまっすぐ行った先にあるのがリビングです。奥には六畳の洋間と和室……って、和室ってわかります？」

「日本風の部屋のことか？」

「ええ、畳の敷いてある部屋です。フローリングの方はぼくの仕事場なので、和室の方も使ってもらっていいですよ」

「すごいな。スイートルームみたいじゃないか」

「昨日までとは雲泥《うんでい》の差ですけど」

苦笑しながら三人をリビングに通す。もの珍しそうに部屋を見回すジーノたちをよそに、ドナテッロは家中の構造を調べはじめた。あれも職業柄なんだろう。

窓を開けて風を通しながら、志遠はふたりにソファを勧める。

「座っててください。今、お茶を淹れますから」

「ありがとう」

ジーノが三人掛けのソファに腰を下ろすと、ジュリオもやってきてその隣にちょこんと収まった。知らない家に連れてこられて緊張しているのか、借りてきた猫みたいだ。

そこで、志遠はアトリエから絵本を何冊か持ってきて、ジーノに読み聞かせを頼んだ。英語版なら読めるだろうし、絵を見ているだけでもきっと楽しいはずだ。

ふたりが本に見入っている間に手早くお茶を淹れて出す。

そこへ、確認が終わったらしいドナテッロが戻ってきた。ジーノが目で合図をすると、彼はひとつ頷き、絵本ごとジュリオを抱えてリビングを出ていく。

「……少し、話をしよう」

ジーノがそう言った瞬間、自分たちを取り巻く空気が変わった。

志遠は緊張しながら隣に腰を下ろす。いよいよ本人の口から語られるのだ。

「これから話すことは神に誓って真実だ。嘘はつかないと約束する」

「わかりました」

一度目を閉じ、大きく深呼吸してから目を開けた彼は、まるで違う顔つきをしていた。これこそが本当の姿なのだ。

「俺の名はカルロ。カルロ・バルジーニだ」

「カルロ、さん……」

鸚鵡《おうむ》返しにくり返す。ずっと「ジーノ」と呼んでいたからなんだか慣れない。

そのカルロは、表向きは実業家という体《てい》を保ちながら実際はマフィアのアンダーボスとして活動していると続けた。対立する組織から常に命を狙われる毎日だという。

「前にも話したとおり、俺の祖父はイタリア移民だ。俺はそれを誇りに思っている。だがそんなルーツのせいで小さな頃から差別されて育った」

「差別？　誰に？」

「アメリカ人さ。人種の坩堝《るつぼ》と言われる大国にも目に見えないヒエラルキーは存在する。もとからいた人間が偉いんだってな。爪弾《つまはじ》きにされる寂しさはとても一言じゃ語れない。だからこそ俺たちイタリア系は、お互いを家族のように大切にするんだ」

同じルーツを持つもの同士、肩を寄せ合って暮らすうちにそこに強い結束が生まれた。悲しみを吹き飛ばすために歌を歌い、力で捻じ伏せるために武器を取った。

「でも、だからってマフィアになるなんて……」

「あり得ないか？」

「いえ、それは……」

「正直に言えばいい。それぐらいで俺は怒ったりしない。……実際、俺自身もこの仕事に疑問を抱いたこともあった。手を汚して生きることに」

過去を思い出しているのか、カルロがふと遠い目をする。

「だが、人の根幹はそう簡単には変わらない。マフィアの社会も、人の世も」

数え切れないほど味わった疎外感は、いつしかカルロの中に反骨《はんこつ》精神となって宿った。

「いつか成功して見返してやる」と野望を燃やすうちにその頭脳と度胸を買われ、幹部に取り立てられて今に至るという。

「俺は、この道を選んで良かったと思っている。バルジーニ家に生まれたのも運命の巡り合わせだ。首領《ドン》である父親を心から愛しているし、尊敬もしている。……あの国で移民が暮らしていくには選択肢はふたつしかない。一生地ベタを這い回るか、知恵と勇気でのし上がるか」

カルロは一度言葉を切り、自分に言い聞かせるようにはっきりと告げた。

「俺は、バルジーニ家の男として誇り高く生きる。家名を守り、ファミリーを守り、醜い差別に苦しむすべての人間を勇気づけたい。たとえどんな手を使っても」

底知れぬ恐ろしさに無意識のうちに喉が鳴る。

「あの……もしかして、ジュリオもですか」

「あぁ。将来の幹部候補だ」

バルジーニ家の男子として彼もまた宿命を背負っている。カルロに次ぐ組織の跡取りとして対抗組織から命を狙われているのだそうだ。

「あんな小さい子まで……」

「心配するな。そのために俺やドナテッロがついている」

ドナテッロは、祖父の代からファミリーの一員を務めてきた生粋の構成員なのだそうだ。

カルロの唯一の幼馴染みであり、彼に代わって汚れ仕事を一手に引き受けてきた。

「この道を選ぶべきか迷っていた時にあいつが言ったんだ……俺が全部やってやるって。実際、あいつの銃の腕前は超一流だ。判断が速いし、迷いもない」

「じゃあ、ジーノさ…、じゃなくて、カルロさんは、人を殺したことはないんですか?」

「さぁ。それを答えるわけにはいかない。きみの想像にお任せする」

曖昧《あいまい》な笑みで流されて、さすがに良くない質問だったと自省する。

そんな志遠に、カルロは「もう少し話しやすい話をしよう」と再び口を開いた。

「きみがマフィアの組織に興味があるかはわからないが……トップには首領《ドン》がいて、俺はその下で首領を支えるアンダーボスという役職についている。俺の下には複数幹部がいて、ドナテッロもそのひとりだ。幹部の下には二次組織の構成員や準構成員がいる」

「ピラミッド構造なんですね。こんなことでもなければ一生触れなかった知識だ……」

「一般人のきみを巻きこんですまなかったと思っている」

「もういいですよ。それに、自分で選んだわけでもあるから」

自分で考え、自分で選んだ。決して易《やす》きに流れたわけじゃない。

そう言うと、カルロは目を瞠った後で、なぜか感嘆のため息を洩らした。

「きみは大した男だ。あれだけのことがあったのに……その上とびきりの純粋ときてる。俺をふり回す天才だな」

「そんなこと言ったら、カルロさんの方がぼくをふり回しているでしょう」

「ははは。違いない」

こんな話をしているのに笑ってしまう。暴力への嫌悪は変わらなくても、相手がカルロだからだろうか、怖い気持ちが少しだけ和らいだ。

「あの……変なこと訊きますけど、マフィアって悪いことをするんですよね。捕まったりしないんですか？」

カルロは困ったように笑ってから首をふる。

「悪いことをした人間はすべからく逮捕され、法の下に裁かれる――というのは、残念ながらただの理想だ。どんな人間の心にも悪魔というやつは棲《す》みついてる」

「え？」

「持ちつ持たれつ。利害関係の一致ってやつだ」

警察とは先代からの長いつき合いだそうだ。独自のルートで仕入れた情報をもとに手柄を立てさせて貸しを作り、制服のポケットに賄賂《わいろ》を捩《ね》じこんで飼い慣らす。

政治家には裏工作で便宜《べんぎ》を図り、報道機関を使って情報操作を行う。これで自分たちに都合のいいように世の中を動かせるだけでなく、事件が起きた際に揉み消したり、世論を味方につけたりしやすくなるのだそうだ。

「建国以来、俺たちとつながりのなかった大統領はいないとか。いつの世もホワイトハウスは俺たちの味方ってことだ」

突拍子もない話まで飛び出してきて、志遠は目を白黒させるばかりだ。

「す、すごいですね……ほんとに、映画の中みたい……」

「きみが住むのとは別の世界の話だ。聞き流してくれて構わない」

苦笑いされ、志遠はハッとして首をふった。

「いいえ。やっとカルロさんのことを教えてもらえたのに、蔑《ないがし》ろになんてしません」

ずっと、彼のことを知りたいと思っていた。それがようやく叶ったのだ。だからどんなことも悉《つぶさ》に覚えていたい。大切にしたいのだ。

そう言うと、カルロは内心を見透かすようにじっとこちらを見つめてきた。

「きみのそれは天然か？」

「え？」

「それともわざとか？」

「あの、なにが……」

「あぁ、いや。わかった。それがきみって男なんだな」

「えっと、あの……カルロさん？」

よくわからないことを訊ねてきたと思ったら、ひとりで納得してしまう。

ぽかんとしている間にカルロはお茶を飲み干し、「さて」と立ち上がった。

「話は終わりだ。これからは、ドナテッロも呼んで当面の生活について考えよう」

だが意気込んだのも束の間、着信音が割りこんでくる。カルロのスマートフォンだ。

電話を取り出した彼は表示された名前に顔を顰め、「すまない」と断って出ていった。

入れ違いにドナテッロがリビングに入ってくる。

「あ、ドナテッロさん。ちょうど良かった。これからのことを話そうって、カルロさんと話してたところだったんです」

「……」

「こちらにどうぞ。今、お茶を淹れますね」

彼をソファに案内する時も、キッチンでお茶の仕度をする間も、終始無言のドナテッロから感じるのは威圧感ばかりだ。いつもはカルロやジュリオが一緒なので気も紛れるが、ふたりきりというのはどうしても気詰まりしてしまう。

「どうぞ」

お茶を出し、少し離れた椅子に腰を下ろす。

けれどそうする間も目も合わせてくれないドナテッロに、志遠は内心ため息をついた。

——やっぱり、まだ信用してもらえてないのかな……。

もう一度、上目遣いに様子を窺う。

チラチラと見ていたのがよほどうるさかったのか、不意に彼がこちらを向いた。

「なんだ」

「い、いえ……その、ドナテッロさんって大きいですよね。身長何センチなんですか？」

低く凄《すご》みのある声に焦るあまり、思いついたことを口走ってから慌てても後の祭りだ。

胡乱な眼差しを寄越されてその場に穴を掘って埋まりたくなった。

「す、すみません。今の聞かなかったことにしてくださ……」

「一八七だ」

「へっ？」

「身長を訊いてきたのはおまえだろう。なにに利用するのかは知らんが」

「利用だなんて……ただの世間話というか……」

「そういうおまえはどうなんだ。相当こぢんまりしているようだが」

「これでも気にしてるんですけど……一応、一六五センチです頑張れば」

精いっぱい背筋を伸ばして見せると、なぜかドナテッロが口端を上げた。

「確かに小さいな」

「ちょっと」

「顔も幼い。ティーンエイジャーそのものだ」

「こう見えても二十五歳ですよ」

「……嘘だろ？」

「そんなカルロさんみたいな顔しないでください」

とうとうドナテッロが「ふはっ」と噴き出す。彼が笑ったところをはじめて見た。

「カルロに似ていたか」

「時々びっくりするほど似てますよ。顔は全然違いますけど」

「そうか」

なぜかドナテッロは満足気だ。

「カルロさんとは幼馴染みだって聞きました。どんな子供時代だったんですか？」

けれど訊ねた途端、ドナテッロは水が引くようにもとの怖い顔に戻ってしまった。

「余計なことは詮索《せんさく》するな」

「す、すみません。ぼくには幼馴染みなんていないから、羨ましくて……大人になってもずっと一緒にいられる関係っていいなって思ったんです」

「これも仕事だ」

「信頼関係がなければできないことです」

ドナテッロがようやくのことでこちらを向く。

「カルロさん、ドナテッロさんに感謝してるって言ってました。イタリアまで一緒に来てくれたって……こうして日本にもつき合ってくれて、感謝の気持ちはもっと大きくなっているはずです、きっと」

「カルロが？」

「はい」

ドナテッロは驚いたように目を瞠り、それからなぜか顔を顰めた。珍しく饒舌《じょうぜつ》な表情に見ているこちらまでうれしくなってしまう。きっと照れた時の癖なんだろう。

志遠はまっすぐ相手を見つめ、「ドナテッロさん」とその名を呼んだ。

「ぼくのことをまだ信用する気になれないかもしれませんが、でもこれだけはお伝えしておきます。ぼくは、カルロさんを裏切ったりしません。これまで聞いた話を吹聴したりもしません。それが、誇り高く生きると言ったカルロさんへの誠意だと思うから」

「どうやってそれを証明する」

「……証明は、できません。これからのぼくを見てもらうしか」

「だろうな。だから俺も、今すぐおまえを信用することはできない」

にべもなく言い捨てた後で、ドナテッロはこれまでになく「俺は」と続けた。

「何事も鵜《う》呑《の》みにしない主義だ。黒を疑って確認し、白とわかってはじめて信じる」

つまり、これからの行動次第で信じてくれるということだ。

「ありがとうございます！」

勢いよく一礼すると、ドナテッロは呆れたように眉根を寄せた。

「どうしてそういう結論になる？」

「チャンスをくれたってことでしょう。だから、ありがとう、です」

「おまえを疑ってかかると言っているんだ」

「大丈夫ですよ。疑わしいことはしませんし、するつもりもありませんから」

自信を持って言いきると、志遠は「それに」と続ける。

「ドナテッロさんの立場なら、ぼくを疑うのは当然のことです。すぐに信じられなくても無理はありません。だから証明してみせます。これからのぼくで」

「……呆れたやつだな。カルロの調子が狂うわけだ」

「え？　カルロさん、どこか具合が悪いんですか？」

きょとんとする志遠に、ドナテッロは顔を顰めながら「こっちの話だ」と言い捨てた。

ともあれ、まずは大きな一歩だ。これからの行動次第で未来は大きく変わるのだから。

渋面《じゅうめん》でお茶を啜るドナテッロに笑っていると、そこへカルロが戻ってきた。

「話の途中にすまなかったな。……って、どういう空気なんだ。これは」

カルロは志遠とドナテッロを交互に見遣り、なんとも言えない顔になる。

「ふふふ。仲良くなったんです」

「余計なことは言うな」

仏頂面《ぶっちょうづら》のドナテッロに睨《にら》まれてももう怖くない。

志遠はぬるくなったお茶を飲み干すと、「さぁ」と勢いをつけて立ち上がった。

「のんびりしていられませんよ。まずは買いもの！　生活基盤を作らないと」

ジーノとドナテッロの背中をグイグイ押し、おとなしく待っていたジュリオにも仕度をさせてマンションのエントランスを出る。

初夏の夕暮れが、四人を包むように輝いていた。

同居をはじめて一週間が過ぎた。

今のところ、特にトラブルもなく過ごしている。

最初こそ「またマフィアが追いかけてきたら……」と不安に思うこともあったけれど、二日が経ち、三日も経つ頃になると、夢だったんじゃないかと思えるようになった。

カルロたちはあいかわらず仕事で忙しそうだ。ふたりには玄関を入ってすぐの二部屋、父親の書斎だったところと物置部屋を使ってもらっている。

ジュリオには和室を宛《あて》がった。ここならリビングから目が届くので様子を見やすいし、本人も畳の手触りが気に入ったようで、興味津々に撫でたり、匂いをかいだりしている。

おかげで、スケッチブックはジュリオで埋まる一方だ。

一時はどこに線を引いたらいいか、どの色を塗ったらいいかもわからなくなるほど酷いスランプに陥っていたのに、今や閊《つか》えが取れたように次から次へと筆が動いた。

——やっぱり、絵が好きだな。

辿り着いたのはそんなシンプルな答えだった。

ジュリオのおかげで絵を描く楽しさを思い出すことができた。

同じように、カルロに出会って自分は変わった。誰かに心を動かすことができるのだとわかった。想い合うよろこびを知ることはなかったけれど、そこまで望んだら罰が当たる。

今もこうして一緒にいられるのだからそれで充分だと思わなければ。

――いつか、愛の物語も描けるだろうか。

挑戦したことのないテーマだ。自分には向いていないと思っていたから。

でも、もしかしたら描ける日が来るかもしれない。そう思えること自体が大きな変化であり、志遠自身楽しみでもあった。

そんなことをつらつら考えながら夕飯の仕度を終える。

今夜のメインはハンバーグだ。それからごはんと、豆腐と油揚げのお味噌汁。

仕事部屋のカルロたちに声をかけ、ひとり遊びをしていたジュリオも連れてきて椅子に座らせると、彼は食卓を見て目をきらきらと輝かせた。

「はんばーぐ！」

一度作ってやってからというもの、毎日リクエストされるジュリオの大好物だ。

遅れてやってきたカルロも、弟と皿の上を交互に見て相好を崩した。

「あぁ、旨《うま》そうだな」

「カルロさん。ドナテッロさんも、さぁ座ってください」

　四人揃ってテーブルにつく。

「それじゃ『いただきます』しようか」

「いたーき、ましっ！」

「はい。召し上がれ」

　両手を合わせるが早いか、ジュリオは鼻息荒くハンバーグにフォークを刺す。そのままお皿に口を近づけようとするのを見て、志遠は慌てて割って入った。

「わー！　ジュリオ、ストップ！」

「ん？」

「一口では無理だよ。小さく切って」

「いっぱいたべる！」

「うんうん。いっぱい食べるの偉いね。でも一口ずつだよ。ほら、こうして……」

　箸《はし》で小さく切りわけてお手本を見せる。

　すると、ジュリオはなぜかカルロに向かって「ふふん」と笑った。

「……おまえ。さては兄貴に自慢してるつもりだな？」

「なんの話です？」

きょとんとする志遠に、ジュリオはさらに「あーん」と口を開ける。

「食べさせるの？　ジュリオ、自分でできるでしょう」

「や！」

「もう。一口だけだからね」

しかたなしにハンバーグを口に入れてやると、ジュリオは手でほっぺたを押さえながらうれしそうに笑った。

「うふふ。シオン、だいすき」

「ありがとう。ぼくもジュリオが大好きだよ」

「おそろい」

「うん。お揃いだね。さ、いっぱい食べてね」

「次は俺の番だな」

やっとのことで一段落したと思ったのも束の間、なぜかカルロまで口を開ける。

「ジュリオの兄として、俺も日本文化を学ばなくては」

その口調に迷いはない。食べさせてくれと言っているらしい。

「……本気ですか？」

「いけないか？」

「いえ、その……カルロさんがいいなら、いいですけど……」

大の大人に「あーん」をする日が来るとは思わなかった。ジュリオもびっくりして目をまん丸にしているし、ドナテッロなんてこれ以上ないほどの渋面だ。それでも躊躇ったら負けだと、志遠は思いきってニンジンのグラッセをカルロの口に押しこんでやった。

羞恥に負けそうなこちらのことなどお構いなしに、カルロは「旨い」と満足そうだ。

「なるほど。これはいい文化だ」

「まったくもう。兄弟で張り合わないでください」

カルロとジュリオは顔を見合わせ、悪戯っ子のように笑っている。

――この人たち、ほんとにマフィアなのかなぁ。

そう思ったらおかしくなってきて、最後は志遠も一緒になって笑ってしまった。

こんなふうに、あたたかくてしあわせな食卓がこの家に戻るなんて。

両親が亡くなってからはひとりで食事をしていたから、こうして誰かとテーブルを囲む日が来るなんて思わなかった。

ましてや、誰かのために食事を作るなんて何年ぶりだろう。はじめは苦労したけれど、「おいしい」と言ってくれるのがうれしかったし、人をよろこばせることができるんだという自信にもなった。

和気藹々《わきあいあい》と食べる夕食のなんとおいしいことか。心が解れ、笑いも増える。

「そうだ。聞いてくださいよ。ドナテッロさんたら、ぼくのことティーンエイジャーだと思ってたんですよ。二十五歳だって言ったらすごいびっくりした顔されちゃって」

「待て。嘘だろ?」

「カルロさんまで!」

カルロが大声で笑い、そんな相棒にドナテッロもしたり顔で笑みを浮かべる。

抗議すべく睨んでやると、失礼なことにますます笑い出したので、志遠はカルロを無視して食事を終えたジュリオの両手と口を拭いてやった。

「よし、ジュリオ。ごちそうさましようか」

「ごち、しゃま!」

「はい。お粗末さまでした」

和室へ駆けていく後ろ姿を見送って、志遠は上目遣いにカルロを見上げた。

「散々笑ってくれましたけど、そういうカルロさんはおいくつなんですか」

「二十七だが」

「ええっ。ぼくとふたつしか違わないんですか? 嘘でしょ!」

「見ろ。きみだって笑うじゃないか」

「いや、だって、……ふふっ。ふふふ……」

「おい。そんなに笑うな。失礼だろう」

「カルロさんこそ笑いすぎです」

我慢しようと思っても無理だ。終いには涙を拭きながら笑う志遠に、カルロは生け贄《にえ》とばかりに隣にいるドナテッロを指した。

「言っておくが、こいつは二十九だからな」

「えっ……。四十歳ぐらいかと思ってました」

「おまえ、俺を四十のオヤジと一緒にしたのか」

「いや待て。俺とは幼馴染みなんだぞ。俺をいくつだと思ってたんだ」

「す、すみませんっ」

「シオン！」

笑いすぎて苦しい。こんなに笑ったのはいつぶりだろう。呼吸困難になるかと思うほど笑いながら、ようやくのことで残っていたごはんを平らげた。

「ごちそうさまでした」

両手を合わせて食事を終える。

志遠が食器を下げ出すと、カルロもそれに倣って皿や茶碗をシンクに運びはじめた。

彼は「食事を作ってもらった礼だ」と言っていつも食器を洗ってくれる。なので自分はピカピカになったお皿を受け取り、拭いて片づける係だ。

——なんか、これって新婚さんみたい……。

気づいた瞬間、猛烈に照れくさくなってウロウロと目を泳がせる。

けれど、そんな楽しい時間もあっけなく終わった。先に部屋に戻っていたドナテッロが仕事用の声で「カルロ」と相棒を呼んだからだ。

「ティツィアーノたちが探りを入れてきた。リカルドの下が何人かやられてる」

「あいつら……性懲《しょうこ》りもなく……」

カルロが本来の彼に戻る。ドナテッロの耳打ちを聞いた彼はさらに表情を険しくさせ、相棒に二、三の指示を出した。

仕事部屋に戻っていくドナテッロと嘆息するカルロを交互に見ながら、志遠は無意識のうちに不安に高鳴る胸を押さえる。

それに気づいたのか、カルロは安心させるようにポンと志遠の腕を叩いた。

「きみと話をしていたのにすまない」

「いえ。それより、ティツィアーノさんってイタリアでも聞いた、あの方ですか」

自分がイタリアマフィアに襲われた元凶を作った人物も、確か同じ名前だった。

「よく覚えていたな。奴さん、今も血眼《ちまなこ》になって俺を探しているらしい」

「てことは、また……？」

嫌な予感に声を潜める志遠に、カルロは首をふってみせる。

「いくらしつこい男でも日本までは追ってこない。そもそも、俺たちがどこへ逃げたかもわからないはずだ」

「でも、イタリアには追いかけてきたんですよね」

大西洋を横断できるなら、太平洋を渡ることだって不可能ではないはずだ。

「あそこはアメリカ以上にマフィアの国だ。組織同士のつながりを活かして手を回せばどうにでもなる。それが日本と決定的に違うところだ」

「どうしてそうまでするんですか。国を越えて追いかけてくるってよっぽどです」

「それがマフィアだと言ってしまえばそれまでだが……。前に話したことがあったろう、対抗組織とちょっと揉めてな。向こうの幹部に死人が出たせいで恨まれてる」

「まさか、カルロさんが……？」

「俺じゃない。それに先に撃ってきたのはあいつらの方だ。卑怯《ひきょう》にも一般人の大勢いる、昼日中のレストランでな」

恐ろしい話に息を呑む。

カルロはやりきれないというように何度も何度も首をふった。

「取引をしたいと言われた。過去のことは水に流して、お互い手を結ぼうじゃないかと。……だが、これまで散々鎬《しのぎ》を削ってきた相手だ。すんなり信じられるわけがない。そこでこちらは条件を出した。話をしたいなら場所を指定させろとな」

人目も多く、明るい場所なら騒ぎになるようなことはしないだろうと考えて、地元でも有名なダイナーを指定したのだという。

「結論から言うと、交渉は決裂した。主導権も、取り分も、お互いが納得できるところに落ちなかった。まぁ、得をしたいのはお互い様だ。そういうことだってある。……だが、あいつらは引かなかった。資金繰りが悪化していると聞いていただけに、引くに引けない事情もあったんだろう」

相手はテーブルの下でナイフを閃かせ、力尽くで合意を迫った。それでもカルロが首を縦にふらぬと見るや、銃を取り出し引き金を引いた。

「あんな至近距離から撃たれたのははじめてだった」

「そ、そんな……殺されちゃう！」

「心配するな。このとおり今も生きてる」

「そうですけど、でも……」

「そんなこともあろうかと、相手の真後ろにドナテッロを待機させておいて正解だった。いいタイミングで踏みこんでくれてな。銃口が逸れて天井に向いた瞬間、ズドン、だ」

フィレンツェで襲われた時のことが脳裏を過る。どおりで彼は動揺しなかったはずだ。カルロにはそれが日常茶飯事なのだ。

「突然の銃声に辺りは騒然となった。銃社会だからこそ、恐ろしさは身に染みている」

多くの客が店の正面入口に集中した。

翻って裏口から脱出しようとしたところで、なおも力で捻じ伏せようとしてくる相手側と揉み合いになり、その際に向こうが銃を落とした。それを誰かが蹴飛ばしたのだろう。壁にぶつかった瞬間、銃が暴発して大惨事となった。

「暴発《コックオフ》とは思えない。おそらく引き金だけロックしていたんだろう。そのせいで向こうに死人が出た。俺に妥協を迫った、幹部だった男だ」

「……っ」

「警察が店に踏みこんできたのはその直後だ。俺たちはなんとか逃げ果《おお》せたが、向こうは何人も捕まったと聞いている。その上、お縄《なわ》になった連中が警察と司法取引をしたせいで、組織自体がかなり痛い目を見たらしい。おかげで俺は命を狙われる羽目になった」

「でも、それってカルロさんのせいじゃないでしょう」

「世の中には『八つ当たり』って言葉がある」

カルロは心底軽蔑《けいべつ》するように吐き捨てる。

「すべてを他人のせいにして、自分を正当化しようとする碌《ろく》でなしのすることだ。自分のファミリーを売るなんてマフィアとしての矜持《きょうじ》もない。最も恥ずべき最低の行為だ」

どんなに無法者《むほうもの》と言われようとも、マフィアには守らなければならないルールがある。秘密を死守し、約束を厳守し、誓いを遵守しなければならない。

「中でも、裏切りは決して許されない」

底冷えのする眼差しにゾクッとなった。

それと同時に、あらためて自分とは違う生き方をしてきた人なのだと思い知らされる。

ぶるりと身震いすると、カルロがやさしく背中を撫でてくれた。どんなに恐ろしい話をしていても手のぬくもりはいつもの彼だ。自分が知っているカルロの手だ。

そう思ったら、不謹慎だけれどホッとしてしまった。

「……不思議ですね。怖い話を聞いているのに、カルロさんといると安心します」

「安心？」

「はい。それに、考えていることや大切にしているものを教えてもらえてうれしいです」

彼の心に触れることを少しだけ許してもらえたようで。

それに、こうして話してくれるということは、少なからず信用されている証《あかし》でもある。

この先も彼の気持ちが自分に向くことはないだろうから、余計にうれしかった。

「そんなカルロさんに任された仕事なんだから、シッター、頑張らないといけませんね」

「きみは充分よくやってくれている」

「いいえ、もっと。それがぼくにできる精いっぱいのお返しだと思うから」

彼に出会って恋を知り、痛みを知った。心にかけた枷《かせ》が外《はず》れた。

カルロのおかげでどんどんと新しい世界の扉が開いていく。だからせめてそのお礼に、自分は自分のできることをするのだ。

「良かったら、明日はみんなでどこか行きませんか？　せっかくですし、日本観光でも」

明るい声で誘うと、カルロはいつもの顔に戻って笑った。

「そうだな。怖がらせてばかりだときみに嫌われる」

「まさか。嫌いになんてなりませんよ。こう見えてもしつこさには自信があります」

「気が合うな。俺もだ」

顔を見合わせてくすりと笑う。

くすぐったさに心臓がトクンと跳ねる。

甘やかな気持ちを胸に、志遠はさっそく楽しい計画に頭を巡らせるのだった。

翌日、四人はタクシーで都内観光にくり出した。

最初に目指すのは浅草だ。

目的地が近づくにつれ、車窓の景色も次第に活気づいてきた。都心にありながら下町の雰囲気を色濃く残す浅草には人力車や着物姿の人も多く、和を感じられるスポットだ。

「うわー、すごい人！」

タクシーを降り、雷門の前に立った志遠は思わず声を上げた。見渡す限りの、人、人、人だ。誰もが赤い大提灯《おおじょうちん》を見上げ、楽しそうに笑ったり、写真を撮ったりしている。

カルロたちも圧倒されたように門を見上げた。

「これぞ日本という感じだな。あの赤いシンボルを写真で見たことがある」

「じゃあ、あれが紙でできてるって知ってました？」

「紙で？　そいつは驚いた」

興味深そうに頷きながらも、カルロは今にも駆け出しそうな弟をむんずと掴まえると、すかさず相棒に目配せした。

「こうも人が多いとぶつかりそうだ。頼めるか」

「任せておけ」

ドナテッロは後ろからジュリオを抱えるなり、ひょいと肩に担《かつ》ぎ上げる。

「ほわぁ！」

子供の頃、自分も父親によくやってもらった肩車だ。背がグンと高くなって、見たこともないような高さから景色を見られるのが大好きだったっけ。

ジュリオもあの頃の自分のように目をきらきらさせている。

「すご！　すごー！」

「良かったねぇ、ジュリオ」

身体を揺らして大昂奮のジュリオとともに、一行は大提灯の真下を潜った。

雷門を抜けた先には名物の仲見世通りがあり、飲食店や和雑貨店などが軒を連ねている。

そのすべてに歓声を上げ、ドナテッロの髪を毟る勢いで買って買ってとねだるジュリオに笑わされつつ、四人はお水舎《みずや》と常香炉《じょうこうろ》で身を清めてから参拝《さんぱい》した。

――カルロさんたちに、日本で楽しい思い出をたくさん作ってもらえますように。

それこそが今一番の願いごとだ。

心をこめてお参《まい》りした後は、境内を散策したり、おみくじを引いたりして楽しんだ。

大吉《だいきち》を引いたジュリオは得意げに吉《きち》のカルロや凶《きょう》のドナテッロに見せびらかしている。

笑いを堪《こら》えて顔を顰める大人ふたりを慰めつつ、志遠は三人を仲見世通りへ促した。

「せっかく来ましたし、名物でも」

「おやつ！　おやつ！」

「あぁ、いい香りだ」

甘いものに目がないカルロとジュリオには人形焼きを、辛党のドナテッロにはこれまた人気のメンチカツを渡す。志遠も焼き立てのおせんべいを囓りながら歩くこと二十分。

次は東京スカイツリーにやってきた。行きたいところを訊ねた際、カルロにどうしてもとねだられた場所だ。

「さぁ、こっちです」

エレベーターで一気に地上三五〇メートルに上がる。

扉が開いた瞬間、目の前に大パノラマが広がった。三六〇度ぐるりとガラスが張られた天望デッキはとても開放的で、一面の青空を眺めるだけでも気持ちがいい。

「わー！」

「こいつはすごいな」

ジュリオとカルロはすぐさま窓辺に駆けていった。ドナテッロもそれに続く。

そんな三人を壁際で見守りながら志遠はごくりと喉を鳴らした。実は高所恐怖症なのだ。

頭では大丈夫とわかっていても、できるなら安全なところでじっとしていたい。

挙動不審な志遠に気づいたのか、ドナテッロがこちらをふり返った。

「どうした、そんなところで」

「あ、いえ。ぼくのことはお構いなく……」

なんでもないのだと誤魔化そうにも、ドナテッロに通じるわけがない。

「無理してるんだろう。まったく、痩せ我慢なんかしやがって。……おい、カルロ」

相棒を呼ばれそうになり、慌ててドナテッロの腕を掴んだ。

「ぼくなら大丈夫です。せっかく楽しんでくれてるんですから。カルロさんのあんな顔、見たことないでしょう?」

まるで子供のようにはしゃいでいる。今まで一度も見たことのない笑顔だ。

「ね? ぼくなら大丈夫ですから。ドナテッロさんもみんなと一緒にどうぞ」

「やれやれ。おまえも頑固《がんこ》だな。好きな男のためには辛抱《しんぼう》もするか」

「へっ?」

核心を突かれ、見事に声が裏返った。

「し、し、知ってたんですか……?」

「知られてないとでも思ってたのか。カルロの悪乗りにつき合ってるだけかと思いきや、見た限りじゃ本気だろう。おまえはゲイなのか？　……いや、嫌なら答えなくていい」

ドナテッロが慌てて手で制してくる。

彼なりの気遣いを受け取って、志遠は笑顔で首をふった。

「答えますよ。ぼくがイエスと言っても、あなたはぼくを蔑視《べっし》するような人じゃないって知っているし、それに、ぼくはぼくだから」

「どういう意味だ」

「ぼくは、カルロさんのことが大好きな、絵本作家でシッターです。それだけです」

ドナテッロは何度か瞬きした後、ニヤリと口端を持ち上げた。

「おかしなやつだ。……だが、なるほどな、おまえはおまえか。そのとおりだ」

そう言って何度も頷く。

「おまえは信頼に値する男のようだな」

「え？」

驚いて聞き返した時にはもう、ドナテッロはカルロたちの方に歩き出していた。

「あの、ドナテッロさん。それってもしかして……」

「そら、坊ちゃんもそろそろ飽きてきたようだ」

見れば、ジュリオがグズりはじめている。疲れて眠たくなってきたんだろう。

それならお家に帰ろうかと提案してみたのだけれど、「まだあそぶ！」と言って聞かないので、カルロたちと相談して隣のすみだ水族館へ足を伸ばした。

ここには小笠原《おがさわら》の海を再現した大水槽や、ペンギンやオットセイを間近に見られる室内開放のプール型水槽がある。ふたつのフロアにたくさんの見所を散りばめた水族館だ。

「うわぁ、きれい！」

ふわふわ漂うクラゲたちに志遠は童心に返って歓声を上げた。

ジュリオも終始大昂奮で、目をきらきらさせながら水槽のガラスにへばりついている。特にエイやサメなどの大きな魚が好きなようだ。志遠の手をぎゅっと握り、「おっきい！」「はやい！」「かっこいい！」とはしゃいでいる。

それでも、しばらくするとついにエネルギーが切れたようで、ゴン、と水槽におでこを打ちつけたきり動かなくなった。

「わっ。ジュリオ、大丈夫？」

慌てて手を伸ばした志遠の耳に、すうすうという寝息が聞こえてくる。

「……え？　ね、寝ちゃったの？」

なんという電光石火だろう。

だがいつものことらしく、カルロはこちらを見て笑っているし、ドナテッロはため息をついている。無言でその場にしゃがんでくれた彼にジュリオを任せ、そこから先はおんぶしてもらって館内を回った。

後半は大人三人で楽しんで、大満足で水族館を出る。

スカイツリーへの連絡通路を渡り、ウッドデッキからの眺めを堪能した三人は、壁際に並んだベンチで一休みすることにした。

熟睡しているジュリオを預かり、膝の上に寝かせてやる。志遠のすぐ隣にはカルロが、ドナテッロは気を使ってくれたのか、少し離れたところのひとり用の椅子に陣取った。

吹き渡る初夏の風が火照《ほて》った身体を冷ましていく。

カルロは心地良さそうに目を閉じて風を受けながら、やわらかに頬をゆるめた。

「今日はとても楽しかった。ジュリオも大満足だったようだな」

「あんなにパタッと電池が切れるとは思いませんでしたけど」

そっと膝の上のジュリオを見下ろす。

時々むにゃむにゃと寝言を言っているから、もしかしたら海の中を泳ぐ夢を見ているのかもしれない。汗ばんだ額をハンカチで拭ってやりながら志遠はそっと目を細めた。

「ふふふ。汗びっしょりになって……」

「よほど楽しかったんだろう。あんなにはしゃぐジュリオを見るのは久しぶりだ。向こうでは展望台や水族館なんて連れていってやれないからな」

カルロが小さく嘆息する。彼の事情を思えばしかたのないことかもしれないけれど。

「じゃあ、今日みたいに観光名所を巡ったり、遊園地に行ったことも……？」

「一度も。だからこそ今日はいい経験になった。ありがとう」

あぁ、そうか――。

唐突に理解した。だからジュリオはフィレンツェでメリーゴーラウンドに乗ると言って聞かなかったのだ。彼にとっては非日常の象徴、夢の乗りものだっただろう。

――きみも、ずっと忘れないでいてくれるかもしれないね。

ぐっすり眠っているジュリオの髪を撫でながら心の中で話しかける。

それから志遠はスマートフォンを取り出すと、書き溜めたメモを呼び出した。

「また四人でお出かけしましょう。日本にいる間に思いきり楽しんでもらわなくっちゃ。次は動物園はどうですか？　上野《うえの》動物園にはモノレールが走ってるので、乗りもの好きなジュリオはきっとよろこぶと思うんです。その後はお隣の不忍池《しのばずのいけ》を散歩してもいいですね。ちょうど皐月《さつき》が見頃ですし、ボートにも乗れます」

日本文化に興味があるなら歌舞伎《かぶき》を見るのも楽しいだろうし、豊洲《とよす》市場で競《せ》りの様子を見学するのもいい。建築物という意味では東京《とうきょう》駅や皇居《こうきょ》周辺がおすすめだし、赤坂離宮《あかさかりきゅう》や東京タワーなんかもある。

カルロは目を丸くして聞いていたが、堪えきれなくなったのか、とうとう「ふはっ」と噴き出した。

「よく調べたな。そんなにあるのか」

「もっともっとありますよ。いろんなところを見てもらいたいです」

「きみが勧めてくれるならぜひ行かなくては」

カルロがふっと目を細める。これまでとは違う、年相応のやわらかい笑い方だ。

——カルロさん、そういう顔もするんだ……。

胸がきゅんと疼き、好きという気持ちがあふれてくる。

「その時はまたきみにガイドをお願いしたい。帰るまでにできるだけ行こう」

「え？」

一瞬、意味がわからずに反応が遅れた。

「あ…、そっか。カルロさん、帰っちゃうんだ……」

もともと一時的に身を隠すために日本に来ただけであって、事件のほとぼりが冷めれば三人はアメリカに戻るのだ。そして二度と会えなくなる。

そう思った瞬間、ズキン、と胸が痛んだ。

けれどしかたのないことだと自分に言い聞かせ、志遠は精いっぱい笑ってみせた。

「カルロさんがいなくなったら寂しいです。ずっと前から一緒にいたような気がして」

「シオン……」

「でも、ご家族だってカルロさんの帰りを待ち詫びてるんですもんね。……あ、それならお土産《みやげ》もたくさん用意しないと。日本らしい、素敵なものを探しましょう」

観光と平行して、お土産選びもした方がいいかもしれない。

目的ができると寂しい気持ちも少しだけ紛れた。

「カルロさんのお父さんは甘いものがお好きなんですよね。落雁《らくがん》とか和三盆《わさんぼん》なら日持ちもするし、よろこんでくれるかも。あとで味見用に買って帰りましょうか。それから……」

張りきってスマートフォンで検索をはじめる。これはどうだろう、あれはどうだろうと画面と睨めっこしていると、隣でカルロが噛み締めるようにため息をついた。

「寂しいと、思ってくれるんだな」

「え？　……もう。そんなの当たり前じゃないですか」

苦笑しながら顔を上げる。

「こんなに濃い毎日を一緒に過ごしてきたんですよ。寂しくて寝込むに決まってます」

けれどそれは、それだけ離れがたい、良い関係を築けたということでもある。

笑って話す志遠とは対照的に、カルロはなぜか苦しげに眉根を寄せた。

「俺の立場を知っていてもか」

志遠は静かに首をふる。

「そんなことぐらいで揺らいだりしません。言ったでしょう、ぼくはしつこいんだって。あなたがあなたである限り、ぼくの気持ちは変わりません」

それこそがすべてだった。

志遠はまっすぐ前を向き、沈みはじめた美しい夕日を目に焼きつける。そうして大きく深呼吸をすると、夕焼けに身を焦がすように目を閉じた。

「あぁ。一緒にいられて楽しかったなぁ……………」

想いがあふれて泣いてしまいそうだ。

不意に、手首を掴まれた。

「きみも来るか」

「え?」

「カルロ」

驚いて目を開けると同時に、ドナテッロが割って入ってくる。

窘めるような声にカルロはハッとして眉を寄せ、「……冗談だ」と首をふった。

「冗談には聞こえなかったが」

「なら、気のせいだろ」

ドナテッロは小さく嘆息し、ひとり掛けの椅子を立つ。

「少し外そう」

そのまま向こうの方へ歩いていく後ろ姿を見送って、志遠はカルロに向き合った。

「いつ、帰るんですか」

「まだわからない。状況が落ち着き次第とは思っているが」

「そうですか。じゃあ、一緒にいられる間に楽しいことをたくさんしましょう。思い出をいっぱい作りましょう。そうすれば、向こうでも思い出してもらえるでしょう？」

いつかは記憶も薄らいで、なくなってしまうかもしれないけれど。

「ぼくね、ジュリオとメリーゴーラウンドに乗った時に、一生忘れないって決めたんです。今日ここでカルロさんと夕日を眺めたこともぼくは忘れません。きっとひとりになってもここに来ます」

思い出はいつだって心の中の一番いい場所にしまっておける。それを取り出して眺めることがささやかな慰めになるだろう。

「ねぇ、さっきの……冗談でしたか？」

訊ねたものの、すぐに愚問だったと首をふった。

「いえ、本気なわけないですよね。でも、冗談でもうれしかったです。きみも来るかって言ってもらえて」

一瞬でも想いが通じたような気がした。自分には充分すぎるほどだ。

痛みを堪えて微笑むのをカルロが食い入るように見つめてくる。その顔には苛立ちにも似たものが浮かんでいた。

「きみはどうして……どうしてそんなにまっすぐでいられる？　忘れたのか。俺はきみを騙した男なんだぞ」

「そのおかげで今があります。それに、ぼくにも下心があったんですからおあいこです」

「きみはいつだって俺を許す。どうしてそこまで俺を受け入れようとするんだ」

「だってそんなの」

勢いで言いかけ、ハッとして口を噤む。

「……そんなの決まってます。でも、言葉にはしません。お別れが辛くなるから」

「シオン」

カルロは何度も首をふると、懺悔するように吐き出した。

「俺は自分のしたことを償《つぐな》わなければ、きみにふさわしい男になれない」

「それ、どういう……」

「きみと向き合いたいと心から思ったんだ。もっときちんと、ひとりの男として」

ヒリつくような眼差しに心臓が大きくドクンと跳ねる。

自分に都合良く解釈してしまいたくなり、志遠はふるふると首をふった。

「カルロさんこそダメですよ、そんなこと言っちゃ。期待しちゃうじゃないですか」

叶わぬ望みと知っているのに。続かぬ恋とわかっているのに。

「ぼくだって、同じ人に二度も失恋したくないです」

自嘲《じちょう》気味に目を伏せた瞬間、驚くほど強い力でグイと腕を引かれた。

「誰がさせるか」

逞しい胸に抱き締められて息が止まる。切羽詰まった声に「シオン」と呼ばれ、心臓が壊れそうなほどに早鐘を打った。

「もう決してきみを傷つけない。きみに対して誠実な男で在り続けると誓う。それが俺の償いだ。そうすることを許してくれるか」

本当に、これは現実だろうか。全部夢なんじゃないだろうか。

そんな戸惑いを見透かすかのようにカルロは畳みかけてくる。

「俺に償いをさせてくれ。イエスと言ってくれ。シオン。……シオン」

熱っぽく名を呼ばれ、吐息が触れるほど近くで見つめられて頭がおかしくなりそうだ。
堪えきれず目を伏せた瞬間、あたたかなものが口端に触れた。
「……っ」
息が止まる。時間が止まる。愛しい人のことしかわからなくなる。
「きみは俺が守る。必ずだ」
厳かな誓いとともにカルロの唇が重なった瞬間、身体中の血が湧き上がった。
——カルロさんと、キス、してる……。
身体がふるえて止まらなくなり、ますます強く抱き締められる。
恋い焦がれた相手と交わすキスがこんなにも胸をいっぱいにするなんて知らなかった。
一生知らないまま終わると思っていた。
——好き……カルロさんが、好きだ………。
これ以上望むものなんてない。
こんなにしあわせなことなんてない。
甘く痺《しび》れるくちづけに、志遠はすべてを忘れて目を閉じた。

*

季節はいよいよ夏を迎えようとしていた。

四人暮らしにも慣れてきたし、仕事も少しずつ再開している。

第二の故郷に逃避するほど悩まされていたスランプは、気づけばすっかり脱していた。

今は絵を描くことがとても楽しい。毎日ジュリオを、時々はこっそりカルロも描いた。

――きみは俺が守る。必ずだ。

大好きな人と夕暮れのウッドデッキでキスをした。夢のような出来事だった。

これから先、たとえ離れ離れになった後でも、自分は素敵な恋をしたんだと胸を張って思い出せる。彼との出会いが道標《みちしるべ》になるのだ。

――絵本作家として、新しい冒険のはじまりだ。

生まれ変わったような清々しい気持ちで志遠は絵に没頭していった。

一方のカルロも、仕事に忙殺《ぼうさつ》されているようだ。

はじめのうちこそ「急ぎの用件があってな」と苦笑していた彼も、そのうち半日部屋に籠もるようになり、終いには一日中出てこなくなった。

今日も朝早くからドナテッロと籠城《ろうじょう》したきり、時刻は十四時になろうとしている。根を詰めるふたりになんとか一休みしてもらおうと志遠は差し入れ作戦に出ることにした。

「腹が減っては戦はできぬって言うし」

カルロには彼の好きなブリオッシュとコーヒー。ドナテッロにはＢＬＴサンドイッチとコーヒーだ。これなら忙しくてもサッと食べてもらえるだろう。

それらをひとつのトレイに乗せ、カルロの部屋に近づいた時だ。

「ティツィアーノが焦臭《きなくさ》い動きをしているそうじゃないか。カッサーノ家の連中と頻繁に会っていると聞いた。ドラッグでつながる連中が今度はなにをしでかすつもりだ？」

カルロの声だ。聞き捨てならない不穏な単語に志遠は思わず足を止めた。

「ビジネスモデルを拡大させるつもりらしい。少し前までドラッグは金のあるやつが買うものだったが、最近じゃ貧困層にも売り捌《さば》いているそうだ」

ドナテッロの声もする。

「今日のパンにも困るようなやつらがどうやって」

「金じゃない。労働力でだ」

「働いて返すってことか」

「そうやって末端《まったん》の使い捨てを増やしている。ご褒美のためなら危ないことでもなんでもやるそうだ」

「酷い話だな……」

　扉の向こうでカルロがため息をついた。

　このままでは立ち聞きになってしまうと思いながらも足が動かず、志遠はその場に立ち尽くした。

「やつらはドラッグの製造量を増やしたい。だがそのためには工場がいる。そこで人目につかないところにある工場や倉庫を片っ端から買い叩いているってわけだ」

「それでうちのシマまで嗅ぎ回っていたのか。呆れた連中だ。行儀ってものを教えてやらなくちゃならないようだな」

　カルロが舌打ちする。彼が苛立たしげに歩き回る様子さえ手に取るようにわかった。

「金儲け、大いに結構。楽しいじゃないか。だが美学は必要だ。ドラッグだの売春だのと、ティツィアーノに代替わりしてからのコロンニ家のやり方は目に余る」

「今の時代、そんなことを言っているのはおまえとドン・バルジーニぐらいだぞ」

「だから俺が名代《みょうだい》なんだろ」

「違いない」

ドナテッロが鼻でフンと笑う。

「とにかく、親父の体調が戻るまでは、俺がファミリーを守る。そんな時にちょっかいをかけてくるなら相応の報《むく》いをやろう」

「どうする気だ」

「契約を結ぶ」

「誰と」

「もちろんコロンニ家とカッサーノ家だ。それぞれのシマごとに利益を上げるために手を組もうと誘う」

「正気か!?　おまえまであれに手を出すつもりじゃ……」

「冗談じゃない。誰がドラッグなんかやるか」

カルロが強く吐き捨てる。再び椅子に座ったのか、座面がギシリと軋む音がした。

「嵌めてやるんだ、あいつらを。白昼堂々ダイナーで襲ってくれた礼も兼ねてな」

「どうやって」

「レッドフックにうちの倉庫があるだろう。そいつを丸ごとくれてやる。ブルックリンの港町に拠点ができればやつらも荷運びが楽になって大助かりだ」

「だが、あそこは近々警察の手入れがあるって話が——おっと、そういうことか」

ドナテッロがパチンと指を鳴らす。

「俺たちはそれを『なぜか知らない』。だから『善意で』倉庫を譲る。ついでに害虫駆除もできて一石二鳥だ」

「面倒なことは全部警察に任せるってわけか」

「善良な市民を守るのが警察の仕事だ。そしてこれは、平和維持への貢献でもある」

「それで警察にも恩を売ると」

「ニューヨークのナンバー2と3の組織を叩けるんだ。うまくやれたら出世するぞ」

「どうだかな」

小さな嘆息に続いて足音が聞こえた。ドアの方に歩いてくる気配にとっさに後退った拍子に、ティースプーンがカチャッと音を立てる。

すぐに目の前のドアが開き、仕事モードのカルロがこちらを見下ろした。

「シオン。いたのか」

表情は冷たく殺伐としていて、声も硬い。

「邪魔してしまってすみません。その、お昼ごはんを差し入れようと思って……」

「その顔だと、聞いていたな」

「……はい」

嘘はつきたくなくて、こくりと頷く。

「聞くつもりじゃなかったんです。でも、ここに立ったら聞こえてしまって……」

「わかっている」

「カルロ」

ドナテッロがすかさず相棒を窘める。彼にしたら心配の種が増えたようなものだろう。

志遠は玄関棚の上にトレイを置くと、ふたりに向かって頭を下げた。

「盗み聞きしてしまったことを謝ります。内容は決して口外しません。約束します」

「あぁ、そうしてくれると助かる」

やさしくポンと肩を叩かれ、おそるおそる顔を上げる。

そこには、いつもの顔に戻ったカルロがこちらを見下ろしていた。

「一つ屋根の下で仕事の話をしていた俺にも責任はある。まさか、ドアの前に立っているとは思わなかったが」

「ずっと籠もってるから心配で……せめて食事ぐらいはしてください」

「それで持ってきてくれたのか」

「好きなものなら食べてもらえるかなって。……でも、コーヒーが冷めちゃいましたね。

入れ直してきます」

「これでいい。いや、これがいい。これをもらおう」

とっさに腕を掴まれ、言い直される。

どういう意味だろうと思っていると、カルロは照れくさそうにはにかみ笑った。

「きみが用意してくれたものを食べたいと言っている」

「え、えっと……」

「おまえら、俺がいることを忘れるな。いいからそのまま丸ごと寄越せ」

渋面のドナテッロが割って入ってきて、志遠の手からお盆ごと奪う。そうしてぽかんとするふたりの前で黙々とサンドイッチを食べはじめた。

その勢いに圧倒された後、カルロと顔を見合わせて笑い合う。

「カルロさんもしっかり食べて頑張ってくださいね」

「きみも。遅くまで絵を描いているだろう。無理をしないようにな」

「ありがとうございます。ぼくのことまで気遣ってくださって」

「当然だ。きみの作品を楽しみにしているひとりだからな。もちろんジュリオも、そこにいるドナテッロもだ」

「待て。勝手に人を巻きこむな」

ドナテッロがさらに顔を顰める。

カルロは相棒をふり返って苦笑した後で、もう一度こちらに向き直った。

「今さらのように聞こえるかもしれないが、これ以上きみに迷惑はかけたくない。だからきみも、さっき聞いたことは忘れるんだ。それがお互いのためだ」

「わかりました」

「きみはきみの夢に全力を注げ。応援している」

「……！　はい！」

背中を押してもらえたうれしさで胸にあたたかなものが広がる。

頑張ろう――――あらためて自分に誓いながら志遠は踵を返すのだった。


そんなある日、志遠に思いがけない話が舞いこんできた。

なんでも、子供の情操教育を狙いとした『こども美術・図書館』が開館することになり、そのオープンを記念して絵本コンクールが開催されることになったのだそうだ。

様々な団体や企業が主催・協賛に名を連ねる中、志遠の取引先である星空出版の名前もある。担当編集から届いたメールには「ご興味はございますか？」と添えられていた。

「絵本コンクール……」

何度も要項を読み直し、大きく深呼吸をする。

仕事を再開したとはいえ、残念ながらすぐに依頼があるわけではない。新人の絵本作家は、別に仕事をしながらいつか来るチャンスのためにイラストや作品を描き溜めることになる。

自分の場合は両親の遺産で暮らしているので副業はしていないものの、それもいつまで続くかわからない。金銭面は別としても、社会とつながっていると実感できるなにかがほしいと思っていた。

そんなことをつらつらと考えていると、机上のスマートフォンが鳴り出した。画面には『谷《たに》さん』と表示されている。件の担当編集からだ。

「はい、高宮です」

「いつも大変お世話になっております。星空出版の谷です！」

トレードマークの朗《ほが》らかな声だ。

志遠がイラストを持ち込みした際に対応してくれたのが縁で担当になってくれた女性で、キャリアからいって自分より十歳近く年上だろうに、いつも物腰やわらかに接してくれる。

気遣いにも長《た》けた人で、志遠が「少しお休みしたいんです」と相談した際も親身になって相談に乗ってくれた。

「こんにちは。いただいたメール、今読んでたところです」

「あら、この間よりお声が明るくなりましたね。お電話してみて良かったです。その後、お変わりはありませんか？」

「はい、おかげさまで。谷さんにはご迷惑ばかりおかけして……」

「いえいえ、とんでもない！　作家さんに気持ちよくお仕事をしていただくのが私たちの務めですから。お役に立てたならなによりです」

何度も耳にした彼女の口癖だ。きっと電話の向こうでも明るく笑っているだろう。

ホッと和んでいると、谷は「さっそく本題なのですが」と切り出した。

「絵本コンクールの件です。一応、主催者の意向でプロアマ問わずの募集となりますし、お休み明けのお声がけで〆切まであまり時間もないのですが……でも、高宮さんの現状や出版歴を考えると、これもいいステップアップになるのではと思いまして」

谷の言うとおり一冊目の絵本は世に出たものの、それに続く具体的な次の予定はなく、ここからまた手探りしていかなければと思っていた。

「こうしたコンクールに出して、機会を作ることも視野に入れてみてはいかがでしょう？　大賞を受賞された暁《あかつき》にはうちから出版することになります」

「星空出版さんから……」

「高宮さんの二冊目の絵本になりますよ」

その言葉に胸がドクンと高鳴った。

「もちろん、私も全力でバックアップさせていただきます」

心強い言葉に背中を押される。

チャンスが少ないなら作ればいい。こちらから勝負に打って出ればいい。ゴールに至る道はひとつではないのだ。

「ぼく、やってみたいです」

「そうこなくっちゃ！」

電話の向こうで谷が豪快に笑う。その明るい声を聞いているうちになんでもできそうな気がしてくるから不思議だ。思えば、いつだって彼女に励まされてきた。

「頑張りましょう、高宮さん」

「はい。よろしくお願いします」

その後は、いくつかの確認を終えて電話を切る。

スマートフォンを握り締めながら志遠は胸が高鳴ってくるのを感じた。

「二冊目の絵本が、作れるかもしれない……」

また新しい物語をこの世に生み出すことができるかもしれない。

そのためには大賞を取らなければいけないし、出版に値するものだと審査員らに認めてもらわなければならない。それは途方もないことだろう。

それでも、なんの糸口もない状況よりずっとマシだ。

「絶対形にしてみせる」

そうと決まったらこうしてはいられない。

志遠はさっそくスケッチブックと鉛筆を携え、ジュリオの部屋を訪れた。お昼ごはんを食べた後は、おやつの時間までお昼寝タイムなのだ。

和室の襖《ふすま》を開けると、ちょうど目を覚ましたところだったらしく、かわいい口を開けて「ふわあぁぁ……」と大あくびをしていた。

「おはよう、ジュリオ。よく眠れた?」

「んー」

まだ眠いのか、椛のような手でこしこしと目を擦っている。

志遠は近づいていって枕元に腰を下ろすと、ぽやっとしているジュリオの頭をやさしく撫でた。

「ふふふ。かわいい寝癖がついてる」

ぴょんと飛び出した髪の一房を撫でつけつつ、持ってきたスケッチブックを広げる。

「ジュリオを描かせてもらってもいい？　実は、新しいお話を考えることになったんだ。それで、ジュリオをモデルにできたらなって思って」

「ん？」

「ジュリオが、絵本の主人公になるんだよ」

「おお？」

ついさっきまでふにゃっとした顔をしていたのが嘘のようにジュリオの目に光が宿り、生き生きとした表情でこちらを見上げた。

「……ユーの、ほん？」

「そうだよ。ジュリオはどんなことがしたい？」

「ぼうけん！」

ジュリオが勢いよく布団の上に立ち上がる。気分はもう冒険者なのだろう。

「すごいなぁ。どこに行くの？」

「たびにでる！」

「なにをするの？」

「いっぱい、たたかう」

「そうなんだ。誰と？」

「わるいやつ。だから、ユーが、やっちゅける！」

話しているうちにすっかり役になりきったのか、ジュリオは目に見えない剣を握ると、

「えいやっ」とばかりにふり下ろした。そうして得意げに剣を鞘に収める。

「そっか。ジュリオは冒険の旅に出たいんだ。悪いやつをやっつけるなんてすごいね」

「ぼうけんしゃは、ゆうかん、だからね」

えっへん！　と胸を張る姿をスケッチブックに写し取りながら、志遠は主人公にインタビューを続けた。

「でも、ジュリオには怖いものがあるんじゃなかったっけ？　オバケとか」

途端に小さな肩がビクリと揺れる。

「こ、こわい……けど……」

「ライオンみたいな獰猛な肉食獣が襲ってくるかもしれないよ。大きなお口でガオーッて一呑みにされちゃうよ」

「う…」

「魔鳥だって飛びかかってくるかもしれないよ。大きな爪でジュリオを掴んで、どこかへ連れていっちゃうかもしれない」

「うぇ…」

みるみるうちに顔が歪《ゆが》むのを見て、志遠はハッと我に返った。これは脅かしすぎたかもしれない。

「ごめんごめん。怖がらせちゃったね」

手を伸ばすとすぐにジュリオがヒシッとしがみついてくる。

けれど、抱きつくことで安心したのか、しばらくするとジュリオは再び顔を上げた。

「ユー、がんばるよ」

「ジュリオ?」

「こわいけど、がんばる。だって、いだいなるぼうけんしゃ、だから!」

もう一度胸を張ってみせる。頬にはまだ強張りが残っているものの、彼の勇気はそんなことでは損なわれないのだ。

「すごいね、ジュリオは!　さすがは偉大なる冒険者だ」

頭を撫でてやると、ジュリオはようやくいつもの顔で「へへへ」と照れ笑いをした。

「じゃあさ、旅のお供《とも》がいるんじゃない?」

「ん?」

「キツネくんとか、連れてく?」

コンコン、コーン！　とキツネくんを作ってやると、ジュリオはパッと顔を輝かせる。

「おおお！　キツネくんも、いっしょにいこ！」

「ふたり一緒なら怖いこともへっちゃらだよ。それに、おやつも分けっこできるしね」

「さいこうの、たびだね！」

「ね！」

それからもジュリオとふたり、ああでもない、こうでもないと楽しい話に花が咲く。

目をきらきらさせながら憧れの冒険について話すジュリオを見ていると、純真でやわらかな子供の心に直に触れているようで胸が熱くなった。

こんな感覚を、もうずっと忘れていた。

どうして仕舞ったままにしておけたのだろう。こんなにもドキドキして、わくわくして、心が躍り出すようなしあわせな気持ちになるのに。そこには現実の苦しみも、悲しみも、しがらみさえない。ただ自由な魂があるだけだ。

自分にもあったはずだ。こんなふうに、夢中で想像の世界を飛び回っていた頃が。

――――もっと、それが知りたい。

ジュリオをモデルに、キツネくんをお供に、素敵な物語を描いてみたい。一作目とも、描き溜めておいたものとも違う、自分自身の心を解き放つような作品を。

――テーマはきっと、冒険とロマンスだ。

ジュリオとカルロ、ふたりから得たものを結晶化したらどんな作品になるだろう。この目眩《めくるめ》く日々を思い出だけでなく、作品として昇華できたら――。

かつてない高揚感に胸が高鳴る。

自分でも不思議なくらい、やれる、という確信があった。

それからというもの、志遠は寝る間も惜しんで作品作りに没頭するのだった。


〆切までの短い時間をどう過ごしたのか、夢中だったせいで覚えていない。

期日ギリギリに完成した作品は無事にコンクールに出品された。

終盤、自分でも驚くほどの集中力を発揮した反動で、提出後は数日使いものにならなくなったのもご愛敬《あいきょう》だ。それでも、頑張った甲斐《かい》あって良いものができたように思う。

そんな、心地良い疲れと達成感に浸っていたある日のこと。

昼食を終え、散歩にでも行こうかとカルロと話していた時だった。

「……あ、電話」

ズボンの後ろポケットでスマートフォンがふるえはじめる。

取り出して見れば、担当編集の谷の名前が表示されていた。仕事の話かもしれないと、カルロに目で断って電話に出る。

「はい、高宮……」

「高宮さん！」

「ひゃっ」

まだ名乗り終わってもいないうちに、耳がキーンとするほどの声が被った。

「おめでとうございます！　コンクールに出した作品、大賞だそうです！」

「……へ？」

「たった今、主催者から内々に連絡がありました。正式発表はもう少し先ですが、それに載せるための受賞者コメントをお願いしたいと。もちろん出版化も決まりましたからね。うちとしても大々的に売り出していきたいと思っています。それから、取材のオファーも来ているので――って、高宮さーん。聞こえてます？」

「は、はい。聞こえてます……けど、あの………ほ、本当ですか？」

あまりに信じられなくて、声がどんどん尻窄みになる。

そんな志遠を電話の向こうで谷が豪快に笑い飛ばした。

「本当も本当。大賞です。もっと『やったー！』って言ってくださいよ」

「いや、だって、まだ信じられなくて……」

日本語はわからなくとも、志遠の表情や雰囲気からただならぬ内容だと察したのだろう。リビングを出ようとしていたカルロがこちらをふり返る。

今、一番にこの朗報を伝えたい相手だ。

「高宮さんならやれるって信じてましたよ」

谷の声がそれに重なる。

その瞬間、自分でも驚くほど熱いものがこみ上げた。

「ありがとう、ございます……」

カルロが気遣わしげに近づいてくる。

すんすんと鼻を啜ると、またも電話の向こうで谷が笑った。

「高宮さんの作品、私大好きですから。持ち込みで見せていただいた時からのファンです。少し前までスランプで苦しんでいらっしゃいましたけど、それが今作を描くために必要な試練だったんじゃないかなぁって思ってしまうくらい、今回の作品は従来から一皮剥けてすごくいいものになっていたと思います」

「谷さん……」

「今日はお祝いですね。私も家で飲み明かします！」

「もう。飲みすぎないでくださいよ？」

涙を拭きながらも噴き出すと、谷はうれしそうに「……良かった」と呟いた。

「高宮さんが受賞されたことも、出版が決まったことも嬉しいですけど、高宮さんがまたいきいきと物語を描かれるようになったことが一番嬉しいです」

「ありがとうございます。ぼくがここまで来られたのも谷さんのおかげです」

「なに言ってるんですか、ご自分の力ですよ！　最近、なにかいい変化でもあったんじゃないですか？　もしかしたらそのおかげだったりして」

谷の言葉に、目の前のカルロを見つめる。

彼女の言うとおりだ。カルロとジュリオ、ふたりとの出会いと不思議な旅が自分の心を解き放ってくれた。もう一度絵本に向かわせてくれたのだ。

「実は、そうなんです。とても素敵な出会いがあって」

「やっぱり！　なんだか雰囲気が変わられたなって思ってたんですよねぇ。うふふ。そのお話、今度詳しく聞かせていただきますね」

電話の向こうで谷がにっこり笑ったのがわかる。

「それじゃ、受賞コメントと取材の件、これからメールでお送りしますので」

もう一度「本当におめでとうございます」と締め括って電話が切れる。

余韻を噛み締めるように画面を見つめていた志遠は、気遣わしげな視線に気づいて顔を上げた。

「どうした。泣いている」

カルロの手が伸びてきて、そっと頬に触れてくる。それに自分から頬を擦り寄せながら志遠はほうっと息を吐いた。

「夢が、叶って……」

「夢？」

「コンクールに出した作品が大賞を受賞したそうです。絵本を出版してくれるって」

「本当か！」

カルロが大声とともに両手を広げる。

迷わず胸に飛びこんだ志遠は自分からも腕を回し、愛しい香りを思う存分吸いこんだ。

「やったじゃないか。おめでとう。きみの努力が報われたんだ」

「カルロさんのおかげです。それにジュリオと、ドナテッロさんと……担当さんのおかげでもあります」

結婚を急かす親戚たちの声に疲れ、殻に閉じこもり、絵筆を持つこともできなくなった自分に心を動かすよろこびを教えてくれた人。絵を描く楽しさを思い出させてくれた人。

信頼関係を築くことを学ばせてくれた人。そして、作品に籠めたたくさんの思いを言葉にせずとも汲み取ってくれる人。

みんなのおかげで物語はでき上がった。誰が欠けてもできなかった。

そう言うと、カルロはゆっくり首をふった。

「俺たちはただのきっかけに過ぎない。きみが描いた物語だ。きみのものだ」

「出版されたらみんなのものになります。カルロさんも読んでくれますか?」

「もちろんだ。一番の読者になる」

話していると、奥の和室で遊んでいたジュリオもやってきた。

「ユーも、おはなしする」

「あ、ごめんね。大きな声で話してたから気になっちゃったんだね」

「ジュリオ。とっておきのビッグニュースがあるぞ」

カルロが得意げな顔でこちらを目で促してくる。

志遠は目の高さを合わせるため、小さな冒険者の前にしゃがみこんだ。

「ぼくがジュリオのお話を描いていたの、覚えてる? 冒険者のお話だよ」

「しってる! たびにでるやつ!」

「そう。ジュリオと毎晩お話ししながらいろんなところを旅したよね」

主人公は、怖がりで、暗いところが苦手な男の子だ。

夜はひとりでトイレに行けないし、怖い夢を見るたびおねしょをするので、みんなから『弱虫ちゃん』とからかわれている。

そんな自分を変えたくて、男の子はなけなしの勇気をふり絞って冒険の旅に出ることにした。相棒はキツネくんだ。左右のポケットにおやつを詰め、紙で作った剣を腰に挿して、弱虫ちゃんは第一歩を踏み出す。

だが、旅の道中には危険がつきものだ。

はじめのうちは自分の影に怯えたり、夜の番人フクロウの鳴き声にふるえ上がったり、お家が恋しくなってわんわん泣いたりしたものの、それでも冒険心に突き動かされるようにして弱虫ちゃんは進んでいった。

迷子の雛をお母さんのもとへ送り届けたり、怪我をした大型犬をおっかなびっくり介抱したり、時には浜辺に打ち上げられた魚を海に戻してあげたこともあった。

妖精を虐めっ子たちから守ったり、困っているドワーフを助けたりしながら進んでいくうちに、弱虫ちゃんは少しずつ『強い子ちゃん』になっていく。

やがて強い子ちゃんは、お姫様が悪い魔物に攫われてしまったという村人に出会った。

村人たちは大切なお姫様を取り返そうと頑張ったけれど、強い力を持つ魔物にまったく歯が立たないというのだ。

悪い魔物と聞いて、強い子ちゃんは途端に怖くなった。旅に出る前の自分に戻りかけた。それでも、ぷるぷると首をふって自分で自分の背中を押す。

悪いやつをやっつけるのが冒険者の使命だ。困っている人を助けたい。これまでだって迷子の雛を、怪我をした犬を、打ち上げられた魚を、自分は助けてあげられたじゃないか。妖精を守るため楯になってあげたじゃないか。ドワーフの帽子を取り戻すため、高い木の枝にだって登ってみせたじゃないか。

旅で身につけた知恵と勇気を今こそ発揮する時だ。

意を決し、強い子ちゃんは魔物に戦いを挑んだ。村人たちが言ったとおり魔物は強く、何度も危《あや》うい場面もあったが、それでも最後には見事悪を退治することに成功する。

強い子ちゃんは、今や誰もが認める立派な男の子になったのだ。

お姫様が、自分を助けてくれた強い子ちゃんのほっぺにちゅっとキスをしてくれる。強い子ちゃんははじめてのキスに頬を赤らめ、うれしそうに微笑むのだった——。

「ジュリオと作ったあのお話が、一冊の絵本になるんだよ」

「えほん……?」

「そう。いつでもお話を読めるようになる。ジュリオだけじゃなく、日本中の子供たちがぼくらの物語を楽しむことができるようになるんだよ」

「えっ」

ジュリオは驚いたように目を瞠った。ようやく意味がわかったようだ。

「みんなも？」

「そうだよ。弱虫ちゃんの冒険を、みんなが楽しめる日がくるんだ」

「ほわぁ……」

ジュリオは口をぽかんと開け、しげしげとこちらを見上げてくる。

その小さな両手をぎゅっと握って、志遠はあらためて「ありがとうね」と微笑んだ。

「ジュリオのおかげだよ。絵本が届いたら、英語も書き足してあげるからね。ジュリオがいつかひとりでも読めるように」

「おおお！」

「ジュリオに読んでもらえるの、楽しみだな」

「ユーも！　たくさん、たのしみ！」

「ね。たくさん楽しみだね。うれしいね」

「ね！」

顔を見合わせてにっこり笑う。

志遠は立ち上がり、カルロとも笑顔で目を見交わした。

「俺からも、あらためてお祝いを言う。おめでとう」

「ありがとうございます。一緒によろこんでもらえてうれしいです。なんだか幸運すぎて怖いくらい」

カルロはゆっくりと首をふる。

「運だけじゃない。きみの実力だ。俺はきみを誇りに思う」

「カルロさん……」

じっと目を見つめていると、そのまま吸いこまれてしまいそうだ。

照れ笑いする志遠にジュリオが笑い、カルロも笑い、三人は顔を見合わせてしあわせに微笑み合うのだった。


よろこびを噛み締めた二週間後。

『こども美術・図書館』のプレスリリースと合わせて絵本コンクールの結果が発表され、大賞受賞者である志遠のインタビューがウェブに掲載された。

インタビューを受けるなんて生まれてはじめてのことで、最初は笑ってしまうほど緊張していた志遠だったが、インタビュワーの機転に助けられ、同席してくれた谷もフォローしてくれて、物語が生まれたきっかけや作品にこめた思い、日常の変化に至るまで楽しく話すことができた。

著者近影として何枚も写真を撮られ、その中のいくつかが使われた。

記事が公開された時は、絵本が出版されるのとはまた違う、不思議な達成感があった。何度もサイトを開いては確かめたし、カルロに「ここはなんて書いてあるんだ？」「きみはなんて答えたんだ？」と訊ねられるたびに顔を赤らめながら英訳して話して聞かせたものだった。

まさに、絵に描いたようなしあわせな日々だった。

それがまさか、この記事をきっかけにして自分たちの身に再び危険が迫るなんてまるで思いもしなかったのだ――。

最初に違和感を覚えたのは、出版社を訪れた帰り。

誰かに見られているような気がして、立ち止まったり、辺りをキョロキョロ見回したりしたことがあった。はじめは「インタビューが出たからって、有名人でもあるまいし」と己の自意識過剰さに苦笑するだけだったが、出版社を訪ねるたびにそうしたことが続くと気のせいで済ませていいのか迷うようになった。

ビルを出た直後から誰かに後をつけられているような気持ち悪さがつきまとう。慌てて地下鉄構内に逃げこみ、人の波に囲まれてホッと安堵したのも束の間、近くで隠し撮りと思しきスマホのシャッター音が鳴ったことで懸念はついに確信に変わった。

こんなことをする相手を、自分はひとりしか知らない。

フィレンツェで志遠を襲った相手――――正確には、イタリアの連中に手を回して自分を襲わせた黒幕、カルロの対抗組織だ。見つかってしまったのだ。

――――どうして。どうやって……？

嫌な緊張感に苛《さいな》まれながらこれまでの行いを省《かえり》みる。考えられる原因は、インタビュー記事を置いて他になかった。

世界中にある膨大なページの中から、いかにしてそこに辿り着いたのかはわからない。もしかしたらカルロたちの逃亡先が日本であることに目星をつけ、自分を含め画像検索をかける中でたまたまヒットしたのかもしれない。

日本語が読めなくても翻訳アプリを通せば一発だ。

記事には、気分転換にフィレンツェを旅したこと、そして思いがけない出会いがあり、スランプを脱出するきっかけになったこと、そしてその関係は今も続いていることなどを語っている。冒険とロマンスという、これまでの自分にはなかった新境地と重ね合わせるつもりで話した内容だったが、見るものが見れば志遠とカルロが今でも関係があると推測できるものだっただろう。

不安に打ちのめされながらそろそろと後ろをふり返る。

「……っ」

その瞬間、すぐ近くにいた黒尽くめの男と目が合って志遠は声にならない声を上げた。

無我夢中で改札を潜り、たまたまやってきた電車に飛び乗る。いつもとは違うルートで地下鉄を乗り継ぎ、普段使わない出口から出てタクシーを拾った。念のためマンションの裏口で車を降り、非常階段から中に入る。

ここまですればさすがについてこられないに違いない。

緊張と疲労で重たい身体を引き摺るようにして五階までの階段を昇る。

やっとのことで自宅のある階まで辿り着いた志遠だったが、ドアに貼り付けられているものを見て今度こそ血の気が引いた。

それは、昨日公園に行った時に撮られたと思しき自分とカルロの写真だった。

――全部、バレてる………。

顔面蒼白で写真を毟り取り、周囲に誰もいないことを確かめる。ふるえる手で鍵を開け、家の中に入った途端、疲れがドッと襲ってきて志遠はヘナヘナと三和土に崩れ落ちた。

心臓が嫌な鳴り方をしている。

頭の中が真っ白でなにも考えられない。

まさか、まさか、こんなことになるなんて——。

両手で顔を覆ったまま、どれくらいそうしていただろう。

気持ちが落ち着いてくるに従って、家の中がやけに静かなことに気がついた。

「……あ、れ……？」

いつもはにぎやかなジュリオの笑い声が聞こえない。カルロの部屋からは電話の声も、キーボードを叩く音も聞こえない。ドナテッロの部屋ももぬけの殻《から》だ。

「ジュリオ。カルロさん。ドナテッロさん」

慌てて靴を脱ぎ和室まで走っていったものの、そこにもジュリオの姿はなかった。

「いない……もしかして、どこかへ行っちゃった？」

対抗組織に見つかったことをもう察したのだろうか。それで行方を晦《くら》ませた？　自分が出かけている間に、きっぱりと縁を絶つように？

「そ…、そんな………」

全身から力が抜け、リビングの床にへたりこむ。楽しかった思い出が一瞬でなにもかも更地に返ってしまうような言葉にならない喪失感だ。

呆然としていると、鍵が差しこまれる音に続いて玄関が開き、カルロたちが姿を現した。

「シオン。どうしたんだ。床になんか座りこんで」

玄関からはリビングまでまっすぐ見通せる。カルロはギョッとした様子で靴を脱ぐと、廊下を走ってやってきた。

「顔が真っ青だ。どこか具合でも悪いのか」

「い、いなくなったんじゃ、なかったんですか……？」

「いなくなる？　誰が」

「カルロさんたち、みんなが」

「仕事が一段落したからちょっと散歩に行っただけだ。昨日も一緒に行ったあの公園だ。俺たちがいなくなったと思ったのか？　きみになんの挨拶もなしで？」

「だって……」

すべてが壊れてしまったと思ったのだ。もう取り返しがつかないのだと。

恐ろしさのあまり忙しなく目を泳がせるのを見て、カルロはドナテッロに目配せした。相棒はそれを受けてジュリオを連れ、彼の仕事部屋へと入っていく。

支えてくれる腕に縋るようにして立ち上がった志遠は、促されるまま向かい合うようにダイニングテーブルの椅子に座った。

「なにがあったか話してくれ。俺で力になれることならよろこんで協力しよう」

「カルロさん……」

心強い眼差しを向けられ、ひとりで抱えていた心細さが消えていく。

それと同時に覚悟が決まった。

「実は――」

握り締めていた写真を見せた瞬間、カルロの顔つきが変わる。今日あったことをありのままに話すと、彼は眉間に深い皺を刻みながら悔しそうに舌打ちした。

「クソッ。あいつらの仕業だ。まだ俺を追いかけていたのか」

「あいつら……?」

「ニューヨークの五大勢力でナンバー2を張る組織、コロンニ家だ」

そういえば、その名前には聞き覚えがある。カルロたちが話しているのを立ち聞きしてしまった時に何度か話題に上がっていた。

「そのナンバー2の人たちが、どうしてカルロさんを狙うんですか」

「ダイナーで俺を殺そうとしてきたぐらい、もともとバルジーニ家を毛嫌いしているんだ。特に、ティツィアーノという男が首領《ドン》を継いでからはその傾向は病的とも言える」

その昔、勢力争いでティツィアーノの父親が命を落とした。それをバルジーニ家のせいだと恨みを募らせたティツィアーノは、それ以来カルロたちを目の敵にし、隙あらば追い落とそうと執着しているのだという。

カルロが昼日中のダイナーで発砲された話を聞いた時は相手の衝動性に驚いたけれど、そんな背景があったとは。ティツィアーノという男の人物像が徐々に浮き上がってくる。市民の目の前で銃撃事件を起こしたり、カルロの逃亡先にまで追っ手を差し向けたりした挙げ句、遠く日本にまで監視の目を光らせていたのだ。

「やつの執着は異常だ。いずれバルジーニ家を皆殺しにして、ドラッグや違法賭博《とばく》で得た金を資金にニューヨークを牛耳るつもりだろう。金と力がすべての酷い男だ」

カルロが忌々しげに吐き捨てる。ドナテッロと話している時も、彼らには美学がないと言っていたくらいだ。その行いにはよほど思うところがあるのだろう。

「それでも……本当にその人たちの仕業なんでしょうか」

「間違いない。向こうで『ドン・バルジーニの息子たちを見つけた』とほのめかしていると仲間から連絡があった。やつらが襲ってくる前にここを離れるつもりでいたんだ。……それなのにまさか、きみの方へ矛先を向けるとは」

カルロが苦しげに目を眇める。

「俺のせいだ」

「カルロさん?」

「せっかくきみが夢を叶えたところだったのに、嫌な思いをさせて本当にすまない」

自責《じせき》の念に強く唇を引き結ぶカルロに、志遠は慌てて首をふった。

「カルロさんのせいじゃありません。ぼくが悪いんです。……はじめての取材で浮かれてしまって、調子に乗っていろいろと話しすぎたせいで相手に特定されてしまったんです。せっかく、カルロさんが静かな暮らしを手に入れたところだったのに……」

「きみの気持ちはよくわかる。それに、写真が載るのも当然のことだ」

「でも、それで検索に引っかかったんでしょうから……ぼくが断れば良かったんです」

「受賞記念のインタビューを断れる新人作家がどこにいる?」

「……っ」

今ふり返っても、あの時の自分に『断る』という選択肢はなかった。明るい未来が目の前に開け、道はどこまでも続いていると希望に満ちあふれていたのだから。

「きみのせいじゃない。俺が背中を押したんだ。なにも悔《く》いることはない」

「でも」

「言ったろう。俺は、夢を叶えたきみを誇りに思う。どうかそれだけは忘れないでくれ」

「カルロさん……」

「必ず、きみときみの夢を守る。それが俺にできる精いっぱいの誠意だ」

志遠が頷くのを待って、カルロは仕事部屋からドナテッロを呼ぶ。

やってきた相棒は「出発だ」と告げられるや、すぐにジュリオの玩具や着替えをスーツケースに詰めはじめた。

カルロも部屋の真ん中にトランクを開き、ノートパソコンや書類などを手当たり次第に放りこんでいく。このパッキングとはとても呼べない光景には見覚えがあった。

フィレンツェを出る時とまるで同じだ。

「もしかして、出ていくんですか」

「世話になったな」

「そんな、急に……」

一度は薄らいだ喪失感が再び迫り上がってくる。

それでも、わかっていたことだ。ずっと一緒にはいられないと。ましてや居場所が絞りこまれた以上、じっとしているわけにはいかない。

――それでも、それでも……。

言葉にならない思いを抱えてカルロを見上げる。

「きみは、思ったことがなんでも顔に出る」

そっと頬に触れられ、やさしく撫でられて、胸がぎゅうっと痛くなった。

これは子供の我儘だ。頭ではちゃんとわかっているのに、心がそれを許さない。

「こんなお別れなんて嫌です」

「しかたない。いつかはやってくるものだ」

「カルロさんはそれでいいんですか。カルロさんにとって、そんなにあっさり捨てられるものだったんですか」

「シオン」

強い力で腕を引かれ、気づけば抱き締められていた。

「そんなわけがないだろう。俺を困らせないでくれ」

「だって！」

「きみと一緒にいたい。だが、そのせいできみを危険な目に遭わせるわけにはいかない。すでにきみにも影響が出はじめている。俺がここに留まればもっと酷いことになるだろう。だから……わかってくれ」

息もできないほどきつくきつく抱き締められる。

だから志遠からも腕を回し、同じだけの強さで抱き返した。

カルロの言いたいことはわかる。自分が彼の立場だったら同じことを言うだろう。

それでも。

この人を失いたくない。

このぬくもりを手放したくない。

たとえなにと引き換えにしても、この想いだけは譲れない。

胸を焼き焦がすような思いに突き動かされるまま、志遠はまっすぐカルロを見上げた。

「ぼくを、連れていってください」

「な…」

カルロが驚いたように目を瞠る。

「自分がなにを言っているのかわかっているのか。感情だけで動くものじゃない」

「わかっています」

「シオン」

「ナンバー2の人たちは、ぼくの顔をよく知っています。ぼくとカルロさんにつながりがあることもお見通しです。ぼくはもう標的なんです。そう言えばわかるでしょう?」

「……っ」

カルロが苦渋に顔を歪める。

「お願いです、カルロさん。きみも来るかって言ってくれたでしょう」

「今度は冗談なんかじゃ済まなくなるぞ。常に危険と隣り合わせの世界だ」

「それでも、あなたと一緒にいられるのなら」

思いをこめて目を見つめる。

どのくらいそうしていただろう。実際にはほんのわずかな時間だったのだろうけれど、志遠には一分にも、もっと長いようにも思えた。

しばらくして、カルロが小さくため息をつく。

「一般人であるきみを、これ以上巻きこみたくなかったんだが……」

「そんなの、もう遅いです」

「そうだな。もうとっくに手遅れだ。……それに、どんなに痩せ我慢したところできみを手放すことなんてできそうにないことがよくわかった」

両手で頬を包まれ、そのまま唇を塞がれる。独占欲を見せつけるような強引なキスだ。

今はそれがうれしかった。

そっと身体が離され、再び真正面から顔を覗きこまれる。

「………後悔、しないな?」

「しません。あなたと一緒なら」

紛うことなき本心だ。きっぱり告げるのを見て、カルロはうれしそうに、そしてどこか苦しそうに目を細めて笑った。

それからもう一度、触れるだけのキスをくれる。

「それじゃ、荷造りしながら軽く話しておこう。これから行くニューヨークについて」

手早く自身の仕事道具をまとめ、続いて志遠の荷造りも手伝ってくれながら、カルロはアメリカの闇について説明をはじめた。

「マンハッタンは言わずと知れた世界金融の中心地だ。ニューヨークは俺の生まれ故郷であり、イタリア系マフィアが裏社会を支配している街でもある」

マフィアたちは表向きはお互いに良好な関係を演出しながらも、裏では相手を潰す隙を虎視眈々と窺っている。中には他のファミリーと結託して上位層を呑みこんでしまおうとするものもいるそうだ。

「最近ではナンバー2とナンバー3が手を結んだという話もある。だからこっちはそれに乗って、麻薬製造にうちの倉庫を貸してやった。警察の手入れにあって大変だったそうだ。だから余計、やつらは俺を恨んでいる」

「怖い世界、ですね」

「それがこれからきみの生きる場所だ。もちろんファミリーの仕事には関わらせないし、危険な目にも遭わせない。俺が守ると約束する」

片手で頭を引き寄せられ、カルロの首筋に顔を埋める。

愛しい人の香りを胸いっぱいに吸いこんで、志遠は怖がりの自分と向き合った。

これから先、怖いことがたくさんあるかもしれない。フィレンツェの時のように誰かに攫われそうになるかもしれないし、銃口を向けられたりするかもしれない。

それでも、一歩踏み出すことを選びたい。あの怖がりだった弱虫ちゃんのように。

「ぼくは、あなたを信じています」

「わかった」

カルロが強い眼差しでそれに応える。

大急ぎで冷蔵庫の中のものや最低限のゴミを処分すると、四人はかつてのように呼んでおいたタクシーに飛び乗った。

一路向かうは空港、そしてアメリカだ。

車窓に映る自分を見つめながら、志遠は次なる冒険の旅に思いを馳せた。


ジョン・F・ケネディ国際空港の出口を出ると、そこにはお馴染みのイエローキャブがずらりと並んでいる。

日本から飛行機で十二時間。

いよいよカルロたちの生まれ育った街、ニューヨークにやってきた。

芸術の都フィレンツェや、治安が良くて安心安全な東京とは違う。最先端でゴージャスで危険な香りが漂う街、ニューヨーク。

先頭を行くカルロの足取りには迷いはなく、タクシーから少し離れたところへ向かう。

すると、どこからともなく黒いリムジンがスーッと滑りこんできて目の前で停まった。

運転席から黒尽くめの男が降りてきて、カルロに恭《うやうや》しく一礼する。

「お待ち申し上げておりました」

「ご苦労」

運転手が開けたドアの中にカルロは素早く身を滑らせた。

「乗れ」

ドナテッロに促され、先にジュリオを、次に志遠も車に乗りこむ。カルロとは横一列で座る形だ。ドナテッロはドアをガードするように向かい側に腰を下ろした。

こうして四人で座っても余裕があるのだからリムジンというのはすごいものだ。チラと運転席の方を見ると、驚いたことに助手席にも男性がひとり座っていた。

「念には念をだ」

カルロが横から耳打ちしてくる。

つまり、有事の際のボディガードだ。常に危険と隣り合わせと聞いていただけあって、ここでは珍しいことではないのだろう。

内心驚きながら見ていると、カルロからアイマスクを手渡された。

「今からファミリーのところへ向かう。場所は関係者しか知らない」

「これをつけるんですか?」

「例外は許されない。……あまり気持ちのいいものではないだろうが」

言いにくそうにするカルロに、志遠は小さく首をふった。

「ぼくは部外者です。当たり前のことだと思います」

「きみの理解に感謝する」

アイマスクを装着する。

はじめて訪れたニューヨークで車窓の景色を楽しめないのは残念だけど、それと同時に覚悟も決まった。

——もう、引き返すことはできない。これからはここで生きていくんだ。

「それでは、お送りいたします」

「頼む」

運転手との短いやり取りの後、リムジンがなめらかに走り出す。

最初のうちはカルロたちが仕事の話をしたり、どこかへ電話をかけるのが聞こえたが、それもしばらくすると落ち着いた。「シオン」と呼ばれ、声のした方に顔を向ける。

「じっと座っているのも退屈だろう。よかったら音声ガイドでもしよう」

「ありがとうございます。でも、お仕事はいいんですか？」

訊ねると、カルロが苦笑するのがわかった。

「これから嫌というほどすることになる」

「確かに。じゃあ、お言葉に甘えてもいいですか？」

「よろこんで。きみはニューヨークがはじめてだと言っていたな。だからまずはこの街の紹介からはじめよう。質問はいつでも受けつける。ただし、お手やわらかに」

「わかりました」

想像の中の彼の表情に思わず笑みが浮かぶ。

カルロはひとつ咳払いをすると、ゆっくりと話しはじめた。

「出発前に脅かしたせいで恐ろしい場所だと思っているかもしれないが、ニューヨークはアメリカの大都市の中でも割と安全な街だ。少なくとも、旅行者が訪れるようなエリアで凶悪犯罪が起こることは少ない」

「でも、小さな犯罪はあるんですよね？」

「そのとおり。万引きや窃盗、強盗なんかは日常茶飯事。金目的の犯罪は増える一方だ。だからきみも気をつけてほしい。夜は特に、人通りの少ない場所は避けること」

「たとえばどの辺りです？」

「セントラルパークの北側にあるイーストハーレム、サウスブロンクス、ベッドフォード＝スタイベサント、ブッシュウィック辺りは近づかない方が身のためだ。散歩をするならセントラルパークより下のエリアにしておいた方がいい」

さらに、外出する際はカルロかドナテッロを連れて出るよう言い含められ、予想以上に制限のある暮らしをするのだと驚いた。

「少なくとも、今の緊張状態が緩和されるまでなにがあるかわからない。日本にいた時のようにはいかない。どこか連れていってやれれば良かったんだが……」

「気にしないでください。ぼくの我儘でカルロさんを連れ出して、それでなにかある方がぼくは嫌です」

ここには遊びにきたのではない。彼の生活に混ぜてもらうために来たのだ。

「外出自体が禁止でないなら、カルロさんのお仕事に支障がない時に、一緒にセントラルパークにお散歩に行きませんか？」

セントラルパークは、大都会ニューヨークの街中に作られた憩いと癒やしのスポットだ。四季折々に美しい花が咲き乱れる庭は、北は一一〇丁目から、南は五十九丁目までという圧倒的な広さを誇る。

「わかった、約束だ。俺のお気に入りのポイントにきみを案内しよう。これからの季節は特にいい。パーク中が紅葉に染まるのを見るのが毎年のささやかな楽しみなんだ」

「わぁ、素敵ですね。圧巻だろうなぁ」

想像しただけでわくわくと胸が弾む。

楽しく話しているうちにリムジンは減速をはじめ、やがて静かに停車した。

「着いたぞ。これも外そう」

カルロがアイマスクを取ってくれる。

車を降りると、そこには見たこともないような大邸宅が聳えていた。

ふり返れば美しく整えられた常緑樹と芝があり、その向こうに鉄製の大きな門が見える。反対に、屋敷の正面にはイオニア式の円柱を配した立派な正面玄関があった。

まるで映画のセットのようで圧倒されてしまう。

言葉もなく立ち尽くしていると、後ろからポンと肩を叩かれた。

「さぁ、行こう」

カルロに促され、中に一歩足を踏み入れた瞬間、それまでと空気が違うことに気づく。静寂の中にピリリとした緊張感を孕んだ、これまで味わったことのない雰囲気だ。

「お帰りなさいませ」

「お疲れさまでした。アンダーボス」

待ち構えていた黒服の男たちがいっせいにカルロに向かって頭を下げる。彼らは車から四人分の荷物を運び出すと、指示も待たずどこかへ運んでいってしまった。あれが部下の人たちなのかもしれない。

やっと家に着いた安心感からか、ジュリオが「ふわぁぁ……」と盛大に欠伸をする。

それを見て、ドナテッロがジュリオを横抱きに抱き上げた。

「疲れたんだろう。寝かせてくる」

「あ、それならぼくが……」

「きみには先にしてほしいことがある。ドナテッロ、頼む」

ドナテッロは軽く頷き、ジュリオを抱いて階段を上がっていく。

それをカルロとふたりで見送っていた時だ。

「アンダーボス！」

張りのある声がしたと思うと、ひとりの若い男がカルロのもとに駆けてくる。

自分より二、三歳ほど年下だろうか。目鼻立ちがはっきりしていて睫毛も長く、独特の雰囲気を持った青年だ。中東の血が入っているような感じもする。少し擦れた印象はあるものの、黒くつぶらな瞳で見つめられるとクラッときそうな危うさがあった。

まるで甘い香《こう》のようだ。

彼は志遠になど目もくれず、カルロの手を両手で握った。

「お帰りなさい、アンダーボス。長いご旅行でしたね」

「不可抗力でな。俺のいない間に変わりはなかったか」

「はい。ティツィアーノたちが時々うるさくしてましたけど、リカルドとルカが対処を。俺は毎日アンダーボスのご無事と、ドン・バルジーニのご回復をお祈りしてました」

「そうか。父の様子は」

「だいぶ良くなりましたよ。お会いになりますか」

「あぁ。すぐに会いたい。彼の面通しもしておきたいしな」

カルロが志遠を目で指した途端、青年の顔がかすかに歪む。

「この方は……？」

「あとで紹介する。まずは面会を手配してくれ」

青年が一瞬こちらをキッと睨み、それからすぐにカルロに向かって一礼する。

彼が踵を返しかけたところで、カルロが「マルコ」と名を呼んだ。

「言い忘れた。彼はしばらくここで暮らす。俺の隣の部屋を整えてくれ」

「住むって……一般人が、ですか?」

「彼は特別だ。父にも話す。頼んだぞ」

「……」

マルコは複雑そうな顔で目を泳がせていたが、やがて一礼するなり去っていった。

「ぼく、ご迷惑だったんじゃ……」

どうやら歓迎されていないことは彼の態度を見ていればわかる。不安に思ってカルロを見上げると、彼はきっぱり首をふった。

「マフィアにとって上の決定は絶対だ。あいつにはそれがわかっていないところがある」

「でも、なんでもかんでも反対するわけじゃないですよね」

カルロは困ったように肩を竦める。

「マルコは俺を兄のように慕っている。あいつは親に捨てられた挙げ句、ゴロツキどもに鉄砲玉扱いされてな。面倒事の生け贄として始末されかかったところを助けて以来、恩を感じて俺について回るようになった。崇拝《すうはい》してるなんて言うやつもいるくらいだ」

「崇拝……」

「俺は誰かに崇《あが》め奉《たてまつ》られるような人間じゃない。何度もそう言っているんだが、なかなか聞く耳を持とうとしない」

「それだけカルロさんに憧れているんでしょうね」

今の話で腑に落ちた。

マルコは、憧れのカルロが余所者《よそもの》を連れてきたことが気に食わないのだろう。かつての自分と同じように拾い上げられ、忠誠を誓った舎弟ならまだしも、どこの誰とも知れない一般人を住まわせるとなれば警戒もする。

複雑な思いでいると、今度は別の黒服の男が近づいてきた。

「アンダーボス」

「リカルド。元気だったか」

途端にカルロが声を弾ませる。親しい間柄なのか、肩を叩いて再会をよろこぶカルロに、リカルドと呼ばれた男性も控えめに白い歯を見せた。

黒髪を後ろに撫でつけ、隙のない出で立ちで微笑む姿はまるでお屋敷の執事《しつじ》のようだ。マルコの口から名が出ていたから彼も構成員のひとりなのだろう。

「ご無事のご帰宅でなによりです」

一礼したリカルドは距離を縮め、カルロの耳元に口を寄せた。

「後ほど、例の取引の件でご報告を。気になる動きがあります」

「わかった」

カルロは一瞬険しい顔をした後で、すぐにもとの表情に戻る。

そこへ、マルコが戻ってきた。面会の手配が終わったのだろうか。けれど彼はカルロの傍にリカルドがいるのを見つけるなり、慌ててその場で立ち止まった。

「マルコはリカルドが苦手なんだ。言い負かされるのが悔しいようでな」

カルロが小声で教えてくれる。

「さぁ、行こう。まずは父に挨拶だ」

歩きはじめたカルロと志遠にリカルドが続く。いつの間に戻ったのかドナテッロもだ。さらにその後に距離を空けてマルコもコソコソとついてきた。

連れていかれたのは二階の一番奥にある、重厚な扉の部屋だった。

ノックの応えを受けて、カルロ自らドアを押し開ける。

室内は落ち着いたダークグリーンで統一されており、殺伐としたマフィアのイメージを大きく覆すものだった。調度品も品良く洗練されていて、まるで高級ホテルのようだ。

そんな部屋の中央、窓を背に机に向かっていた初老の男性は、カルロを見るなりパッと顔を綻ばせた。

「カルロ！　このやんちゃ坊主め、やっと帰ってきおったか！　さぁさぁ、こっちへ来ておまえの顔をよく見せておくれ」

男性は立ち上がり、両手を広げてカルロを迎える。

カルロも同じように腕を広げて男性の胸に飛びこむと、お互いを強く抱き締め合った。少しだけ身体を離し、会えなかった時間を埋めるようにお互いを見つめ、そうして交互に頬にキスを贈り合う。最後にもう一度抱き合った後でふたりはようやく抱擁《ほうよう》を解いた。

「ただいま帰りました、お父さん」

「おまえの放浪癖《ほうろうへき》は相変わらずだな。イタリアだけじゃなく、日本にまで行っていたそうじゃないか」

「思いがけないバカンスになりました。そこで良い出会いも」

ふり返ったカルロに肩を抱かれて引き寄せられる。

「紹介します。俺の大切な相手で、ジュリオのシッターをしてもらっているシオンです」

「……！」

あまりにストレートな表現に志遠は目を丸くした。シッターとして紹介されるだけならまだしも、自分たちの関係まで公にされるとは思っていなかったからだ。

「シオン。こちらは俺の父のサルヴァトーレ・バルジーニ。バルジーニ家の首領《ドン》であり、ニューヨークの影の支配者と呼ばれる人だ」

「その二つ名はあまり好かんがな」

バルジーニが苦笑しながら右手を差し出してくる。握手しようというのだろう。

「よく来てくれた。バルジーニだ」

「は、はじめまして。高宮志遠と申します」

そろそろと握り返した彼の手は分厚く、がっしりとしていて、自分とは大違いだった。

長年仕事をしてきた男の手だ。ゴツゴツした手でグッと右手を握られ、至近距離から目を
覗きこまれて、心を丸裸にされたかのような緊張感に襲われる。

——なんて強い目……この人に隠しごとなんてできない……。

だからカルロは最初から自分たちの関係を打ち明けたのだ。

無意識にごくりと喉が鳴る。

志遠が緊張してガチガチになっているのを見抜いたのか、握手を解くと、バルジーニは
人懐っこい笑顔を向けてきた。

「息子が大切な相手をここへ連れてくるのははじめてだ。恋人が男性とは驚いたが、まぁ
そんなことは些細なことだ。カルロが選んだのなら間違いないと思っている」

「あ…、ありがとうございます。そう言っていただけて光栄です」

「そんなに緊張せんでもいい。それとも、私はそんなに怖く見えるか？」

「いいえ。怖いだなんて……とてもおやさしそうに見えます」

向き合った時はさすがの貫禄に圧倒された。

だが一方で、にっこり笑った顔はカルロにそっくりで、あと三十年もしたら彼もこんな素敵な紳士になるのかななんて楽しい想像が広がってしまう。

素直にそう言うと、バルジーニは一瞬目を瞠り、それから明るい声を立てて笑った。

「はっはっはっ。なるほどな。どうやら私の出る幕はなさそうだ」

「え、っと……？」

「気に入られたみたいだな」

カルロが小声で耳打ちしてくる。その彼も笑いを堪えているから、よほどおかしなことを言ったのかもしれない。ドナテッロなんて部屋の隅でなんとも言えない顔をしている。

戸惑っていると、デスクの前にある来客用のソファを勧められた。

カルロと並んで座った向かいにバルジーニも腰を下ろす。

彼は自分とカルロを交互に見つめ、そしてしみじみと頷いた。

「おまえが日本人を選ぶとは感慨深いものだな」

隣にいるカルロを見上げると、彼は「ジュリオのことだ」と微笑む。

「ジュリオの母親は日本人だと話したことがあったろう。俺の義理の母親だった人だ」

「そして私の最後の妻でもある」

バルジーニが懐かしそうに目を細める。彼は座ったばかりのソファを立つと、ゆっくりとした足取りで暖炉の方に歩きはじめた。

「私の父はイタリア人だ。イタリアから新天地を求めて海を渡った移民でね。裏の世界で身を立てながらこの家を盛り立てた。私が生まれたのは父が結婚して間もなくのことだ。若くて美人な妻をもらったと、それはそれは評判だったそうだ」

亡き母の思い出を語るバルジーニの頬にはやわらかな笑みが浮かんでいる。彼は暖炉の上に飾ってある写真立ての中から家族写真と思しきものを手に取った。

「母はやさしい人だったよ。だが、身体が弱かったんだ」

子供の頃に愛する母を失った彼は、それでも懸命に寂しさを乗り越えて大きくなった。やがて大人になり、しあわせな家庭を築いたのも束の間、結婚してすぐに妻は帰らぬ人となってしまったのだという。

「それがカルロの母親だ。まだ赤ん坊のうちに、不幸な事故でな」

そう言って別の写真を見せてくれる。そこには、溌剌《はつらつ》とした金髪の女性がこちらを見て微笑んでいた。

「三年間喪に服し、彼女を思って暮らした。その後、縁あって内縁《ないえん》の妻として迎えたのがふたり目の妻だ。……だが、彼女もジュリオを生んで間もなく亡くなった。そんなことが続いたせいで『バルジーニ家の女は早死にする』なんて噂もあるらしい。まったく、人の気も知らないで……」

バルジーニが小さくため息をつく。

彼は手にしていた写真立てをもとに戻し、再びソファに腰を下ろした。

「得るものが大きければ大きいほど、失うものもまた大きい。それが人生というものだ。幸い私には愛する息子たちがいる。そして守るべきファミリーがある。これだけはなにがあっても譲れないものだ」

人生の酸《す》いも甘いも噛み締めたその目には、よろこびも、悲しみも、この世のすべてが詰まっている。

「私ももう六十五だ。早くカルロに後を継いでもらわなければ」

「なにを言っているんです。すぐに俺をやんちゃ坊主扱いするでしょうに。お父さんにはまだまだドン・バルジーニとして現役でいてもらいますよ」

「おまえまで私を扱《こ》き使う」

「勝負を降りるには早いですから」

ふたりは顔を見合わせて笑う。

バルジーニは満足気に頷くと、もう一度こちらに視線を戻した。

「ここがどんなところか、カルロから聞いた上で来てくれたと思っている。その上でどう判断するかはきみの自由だ。少なくとも私はシオン、きみを歓迎する。そして叶うなら、カルロの支えになってくれることを願っている」

「ドン・バルジーニ……」

「きみは構成員ではない。私のことはバルジーニ、と」

「わかりました。バルジーニさん」

志遠は居住まいを正し、まっすぐその目を見つめ返す。

「ぼくは駆け出しの絵本作家です。カルロさんと出会えたおかげで、自分自身と向き合うことができました。もう一度夢を追いかけようって思えたんです。だから今度は、ぼくがカルロさんのお役に立ちたいです」

「そうか。きみは澄んだいい目をしている。心根がまっすぐな証拠だ。ふたり仲良くな。……あぁ、念のためきみのことを調べさせてもらうが、どうか悪く思わないでおくれ」

「構いません。直接訊いた方がよければなんでもお訊ねください」

「はっはっはっ。こいつは清々しい」

バルジーニが明るい声を立てて笑う。

志遠もカルロと顔を見合わせ一緒になって笑いながら、はじめて見る息子としての彼を目に焼きつけた。

和やかに挨拶を済ませた後は、これから暮らす部屋に案内される。

カルロの隣室だという室内をぐるりと見回し、志遠はふっと笑顔になった。

ベッドにサイドテーブル、書きもの机や椅子もある。これなら絵を描いたり、パソコン仕事をするにも困ることはなさそうだ。決して広くはないけれど、手を伸ばせばなんでも届くところがいい。

荷物を運び入れてくれた男性がこちらに一礼して去っていく。

カルロに促され、寝台に並んで腰を下ろした。

「率直に訊こう。父に会ってみてどうだった？」

「最初は緊張しましたけど、でも、お会いできてうれしかったです。カルロさんと似てるなぁって」

「俺はまだ腹は出ていないつもりだが」

「もう」

混ぜっ返すカルロに苦笑する。

逞しい腕が伸びてきて、そっと身体を引き寄せられた。

「父もきみを気に入ったようで良かった。トップに気に入られるのとそうでないのとでは、これからの暮らしやすさも変わってくる」

「そうなんですか」

「まぁ、これはどこの世界も似たようなものだろう。ここでのルールはおいおい教える。常識的に行動していればそう身構えることはない。……それからもうひとつ」

カルロはすっと真顔に戻り、「楽しい話ではないが」と声のトーンを落とした。

「勢力図についても説明しておこう。ニューヨークには、マフィアの五大勢力と呼ばれるものが存在している」

「確か、前にコロンニ家の話をしてくれた時に言っていましたね。五大勢力ってことは、マフィアのグループが五つあるってことですか？」

「よく覚えていたな。そのとおりだ。ナンバー1から5までそれぞれが鎬《しのぎ》を削っている」

その中でも筆頭を誇る、ナンバー1はカルロたちバルジーニ家だ。

もともとは小さなグループだったが、早くから独自のネットワークを築いていたことが功を奏し、情報化の波に乗って一気に勢力を拡大した。表向きはホテルやカジノを経営し、裏では情報の売買によって警察や政治家、報道機関を操り、世論を操作しているそうだ。

「それでも、最近は締めつけも厳しい。一昔前のようにはできないことも増えた。だが、どんな逆境も逆手《さかて》に取ってビジネスにしてこそだ。禁酒法時代のようにな」

カルロの祖父が移民でありながら一代でファミリーを築くまでに至ったのも、いち早く密造酒の製造を組織化したのと、潜り酒場の経営で莫大な富を築いたからだ。悪が蔓延《はびこ》るアンダーグランドにおいても極力人を傷つけず、人としての一線を守ってトップに君臨し続けた先代ドン・バルジーニこそ真のマフィアであり、その後を継いだサルヴァトーレもまた『ボスの中のボス』と呼ばれて尊敬を集めているのだそうだ。

「カルロさんは、そんなすごい方の後を継がれるんですね」

「まだどうなるかはわからないがな。だが少なくとも、父や祖父が大切にしてきたことは守り続けたいと思っている。絶対に麻薬取引には手を出さない。これだけはなにがあっても変わらないんだ」

カルロが忌々《いまいま》しげに顔を歪める。これまで見たこともない表情だ。

「どうして、そこまでこだわるんですか」

「……祖母が亡くなった原因だからだ」

聞けば、彼の祖母は大金持ちになった祖父に恨みを持つ連中に捕まり、ドラッグを使われて精神不安定に陥った挙げ句、禁断衝動に苦しみながら死んだという。

「祖父は、ドラッグだけはやらないと誓った。ファミリーの誰も手を出してはならないと。どんなにいい金になると言われても、たとえ目の前に金塊《きんかい》を積まれても、俺たちは絶対に手を出さない。それが祖母への弔いであり、ファミリーの一員としての誇りなんだ」

カルロは己に言い聞かせるように力強く言いきると、眼光鋭く宙を睨んだ。

「そんな俺たちとは徹底的に相容れないやつらがいる。それがナンバー2のコロンニ家と、ナンバー3のカッサーノ家だ」

「コロンニ家って、確か……」

「あぁ。フィレンツェできみを襲ったり、きみの後をつけたりしたやつらだ。この二家はドラッグの原材料密輸や製造販売で強く結びついている。それを先導しているのがコロンニ家のティツィアーノだ」

「そっか……そういうことだったんですね」

これですべてがつながった。

ティツィアーノがバルジーニ家に執着する理由は以前聞いたが、反対に、バルジーニの連中が彼らを嫌う理由もよくわかる。禁忌《きんき》と言ってもいいだろう。

ちなみにナンバー3のカッサーノ家は、ティツィアーノのご機嫌取りをしながら商売のチャンスを窺っているという。金儲けのためには荒っぽいことも辞さない主義で、武器の不法取引や美術品の越境犯罪で儲けているそうだ。

「他にはマルーセロ家やシナトラ家があるが、焦って覚える必要はない。そのうち嫌でも頭に入ってくるだろう。もちろん、興味がなければそもそも無理することもない」

「いいえ。ぼくは、カルロさんのいる世界のことをちゃんと理解したいです」

「シオン？」

「怖くて耳や目を覆いたくなることもきっとたくさんあるだろうけど……でも、怖がりな自分も頑張れば変えられるはずです。もっともっと強くなってカルロさんの役に立ちたい。守ってもらうだけじゃなく、ぼくも守れるようになりたいんです」

絵本の中の弱虫ちゃんのように。自分は冒険の旅に出ているのだから。

「その気持ちはありがたいが、無茶だけはしないでくれ。きみを失いたくない」

肩を抱いているのと反対の手が伸びてきて、そっと左手を握られる。

「この世界で生きる以上、きっと何度も怖い思いをさせるだろう。危険な目にも遭わせるかもしれない。だが必ず俺が守る。この命と、バルジーニの名にかけて」

そのまま左手を捧げ持たれ、目を合わせたまま唇で薬指に触れられた。誓いのキスだ。

「マフィアが誓いを立てるのは、ファミリーの一員になる時と、愛するものに心を捧げる時だけだ。だからこれは俺にとって大切な節目でもある」

カルロが怖いくらい真剣な顔で見つめてくる。

「きみと出会って、俺は生まれてはじめて本気で人を愛することを学んだ。同時に、失うことへの恐怖も知った。だからきみを守りたい。俺にきみを愛させてほしい。きみだけだ。きみだけなんだ。俺をこんなふうに変えたのも、俺をこんなにかき乱すのも……」

熱っぽく掻き口説かれ、至近距離から見つめられて、息もできないほどに鼓動が逸る。

「カルロさんが……？」

——愛させてほしいって……。

キスをもらったことはあっても、言葉にされたのははじめてだった。

——カルロさんが、ぼくを………。

自覚した途端、一気に頬が熱くなる。自分の中で大切にしようと決めた想いに、まさか応えてもらえるなんて思いもしなかった。

「シオン。答えてくれ。俺はきみに許される男か」

愛を乞われ、愛することへの許しを乞われて胸がいっぱいになる。

それでも、拭い切れない不安があった。

「本当にぼくでいいんですか。ぼくは、男ですよ」

一緒にいれば嫌でもわかる。カルロはきっと異性愛者だ。無理させているんじゃないかという気持ちが最後の一歩を躊躇《ためら》わせた。

けれど、カルロは真正面から志遠の不安を薙ぎ払った。

「きみがいい。きみでなければダメなんだ。俺はシオン——きみを愛している」

「……っ」

告げられた瞬間、身体がふるえた。心がふるえた。魂までもがふるえた気がした。

「本当、に……？」

「あぁ、本当だ。シオン。愛している。きみを愛している」

これ以上ないほど抱き締められる。これまで何度も身体を預けてきたはずなのに、どうしてだろう、今は触れることすらドキドキした。

「きみは？　まだ俺を愛してくれているか」

「は、はい」

「顔を上げて」

そろそろと上目遣いにカルロを見上げる。男らしい唇に息を呑むと、彼は緊張と期待にふるえる志遠に微笑んだ。

「きみの愛の言葉を聞きたい」

「あ…、愛して、ます」

「シオン！」

感極まった声とともに唇を塞がれる。想いを叩きつけるような、息もつかせぬ情熱的なくちづけに頭の中が真っ白になった。

それでも、これだけはわかる。

これは親愛のキスじゃない。ふたりが想いを重ね合って、はじめて交わすくちづけだ。

——カルロさんと、本物のキスだ……。

こんなしあわせなことがあるなんて。

逞しい腕に抱かれ、愛しい香りに包まれながら、志遠は生まれてはじめての甘いキスに身も心も委《ゆだ》ねて目を閉じた。


それからというもの、カルロは志遠を堂々とパートナーとして扱うようになった。

どこへ行くにも連れていき、食事にも、私的な集まりにも同席させる。さすがに仕事の場に呼ばれることはなかったものの、ほんの数日暮らしただけでファミリーのほぼ全員と面通しが終わったほどだった。

はじめは新しいメンバーが加わったのかと様子を窺っていた面々も、次第に志遠が構成員ではなく、カルロのプライベートなパートナーだと察したようだ。ドン・バルジーニに『カルロの大切な相手』として紹介され、かつ彼が志遠を気に入ったという話も広まったようで、首領のお墨付きを得た特別な人物として扱われるようになった。

トップダウンが徹底している組織において上の決定は絶対だ。

アンダーボスというトップに次ぐ立場の人間が、ある日突然日本人男性を連れてきたとしても、首領が首を縦にふればそれが受け入れられる。おかげで志遠はマフィアの本拠地にいながらもったいないほど快適な毎日を送っていた。

ドナテッロはもちろんのこと、カルロの補佐をしているリカルドやルカ、彼らの家族も皆が親切にしてくれてありがたい。

志遠が慣れない暮らしに戸惑うたびに手を貸してくれたり、相談に乗ってくれたりする。礼を言うと、決まって「アンダーボスの大切な相手は、俺たちにとっても大切な方です」と口を揃えるのだ。「ファミリーは支え合ってこそ」とも。マフィアはファミリーを大切にすると聞いていたが、その精神が深く根づいていることを実感した。

だから志遠も自分にできることをと、ジュリオのシッターだけでなく、ジュリオと年の近いファミリーの子供たちを集めて絵本を読み聞かせたり、手作りの紙芝居を上演したり、キツネくんで手遊びを教えたりした。

これがなかなか好評で、構成員の妻たちから「手が空いて助かるわ」とよろこばれた。一度にたくさんの人数を預かるのは難しいので、毎日数人ずつのサイクルだったけれど、それでも一日に数時間の自由時間が生まれると歓迎された。

文化も習慣もなにもかもが違う国で、ましてやこれまでの常識が通用しないこともある社会において、役割ができるというのはうれしいものだ。人の役に立てていると実感するたび、ここにいてもいいんだと思えてくる。

そうやって自分の居場所ができてくるに従って、はじめは見えていなかったものが少しずつ見えるようになってきた。

好意的ではない人たちの存在だ。

ここにいる全員が自分を歓迎してくれたわけではないと思い知ることがたびたびあった。遠巻きにするものもいたし、できるだけ関わらないように距離を取るものもいた。多くは大人の対応をしてくれたものの、一部はあからさまに侮蔑の目を向け、心ない言葉で攻撃して来るものもいた。

自分だけに矛先《ほこさき》が向くならまだいい。

だが近くにいる子供たちが巻きこまれたり、おかしな影響を受けることだけは頑《がん》として阻止しなければならない。

——この子たちは健《すこ》やかに育ってほしい。

夢中になって絵を描いているジュリオを見守りながら、志遠はそっとため息をつく。

するとそれを察したようにジュリオが画用紙から顔を上げた。

「シオン、げんきないね？」

「え？　そんなことないよ。元気だよ」

「そっかな。さみしいきもちになっちゃった？」

ジュリオがこてんと小首を傾げる。そうして返事を待たずにクレヨンを置くと、小さな手を一生懸命伸ばして志遠の頬に触れてきた。

「ユーが、やさしくしてあげる」

「ジュリオ」

「さみしくないよ。ユーが、いるよ！」

椛のような手で頬を撫でられ、伸び上がって頭までいい子いい子してくれる。彼なりに精いっぱい慰めようとしてくれているのだ。

「ジュリオはやさしいね。こんなにやさしいジュリオがいてくれて、ぼくはしあわせ」

「ほんと？」

「うん、ほんとだよ。ぼくもジュリオを楽しい気持ちにしてあげたいな。……えい！」

「きゃー!」

ぎゅうっと抱き締めると、ジュリオはすぐさまかわいい声を上げて笑う。腕の力をゆるめておでこをくっつけ合い、秘密を共有するようにまたふたりで「うふふ」と笑った。

「さ、お絵かきの続きしよっか」

「ん!」

もう一度、画用紙に向き合いかけた時だ。

「子供まで誑《たら》しこんでんの? 大したもんだね」

棘のある声が割りこんでくる。

驚いてふり返ると、マルコが数人の取り巻きを連れて立っていた。

初対面以来、なにかと突っかかってくる彼には正直なところ困っている。カルロが一緒にいる時こそ遠巻きにしているものの、志遠がひとりでいたり、あるいは子供たちの面倒を見ている時を狙って近づいてはこうして嘲笑《ちょうしょう》を浴びせてくる。

マルコの後ろにいる取り巻きの少年たちとは直接話したことはないけれど、いつも同じ顔ぶれなのはわかる。身体のあちこちにピアスを嵌《は》め、ニヤニヤと薄笑いを浮かべた姿はバルジーニ家の美学とはほど遠い。彼らがカルロと一緒にいるところは見たことがなく、構成員のさらに下の、準構成員かなにかかもしれない。

——そんな人たちを、家に入れていいのかな……。

部外者の自分が判断することではないけれど、ここでは彼らはあまりに異質だ。

眉を潜めていると、返事がないことに苛ついたのか、マルコがコツコツと靴音を響かせながらこちらに近づいてきた。

「あんたさぁ、男なら誰でもいいんだろ？　ジュリオはまだ二歳だよ？」

「子供の前でそういうことを言うのはやめてください」

「お、やっと返事した。口説き文句じゃなくても喋れるじゃん」

マルコが肩越しに仲間をふり返る。彼は取り巻きの囃《はや》し声に背中を押されるようにしてさらに距離を縮めてきた。

「バルジーニ兄弟誑《たぶら》かして、この家を乗っ取ろうって魂胆《こんたん》なわけ？」

「まさか。なんてこと言うんですか」

「あんたがしてんのはそういうことだろ」

「違います。ぼくはカルロさんを誑かしてなんか……」

「いいや、事実だ」

語尾を奪うように断じられる。腕が伸びてきたかと思うと服の襟元を掴まれ、そのまま力任せに引き上げられた。

「あんたのせいでアンダーボスが男に走った。どうしてくれんだ」

「な…、に……」

喉が絞まってうまく話せない。それどころか息もできない。

必死に藻掻《もが》く志遠の一大事を悟ったのか、ジュリオが勢いよくマルコに飛びついた。

「いたいことやめて！」

「ジュ、…リオ……」

「やめて！　やめて！」

「うるさい。クソガキ！」

マルコが乱暴にジュリオを引き剥がす。

それを見た瞬間、頭に血が上った志遠は思いきりマルコの脚を蹴り飛ばした。

「グッ……痛ってぇ……」

「ジュリオ！　大丈夫？　怪我はない？」

戒めがゆるんだ隙にマルコを押し退け、ジュリオの無事を確かめる。

自分だってびっくりしただろうに、ジュリオは志遠の顔を見るなりにっこり笑った。

「だいじょぶ！　いだいな、ぼうけんしゃだから！」

「もう。無茶しないで……」

　ぎゅっと抱き締めると、ようやく安心したのか、ジュリオが腕の中で力を抜いていく。その小さな身体がカタカタとふるえていることに気がついて今さらながら胸が痛んだ。

「ごめんね。怖かったね。ありがとう、守ってくれて」

「これくらい、へっちゃら！」

　ホッと顔を見合わせたところで、起き上がったマルコが画用紙を踏みつける。

「なにするんですか！」

　抗議のために立ち上がると、たちまち少年たちに囲まれた。

「あんたのせいでアンダーボスが他のファミリーからなんて言われるかわかってんの？　男なんかにうつつを抜かして、とうとう頭がイカれちまったって笑われるんだぜ。そしてこうだ——バルジーニ家を潰すなら今がチャンス、ってな」

「なっ」

「ただでさえドン・バルジーニの体調が優《すぐ》れないところにもってきて、アンダーボスまでおかしくなったと知れたらうちはお終《しま》いだ。あんたは、バルジーニ家の疫病神《やくびょうがみ》なんだよ。あんたのせいでアンダーボスの評判もガタ落ちだ」

「そんな……」

　人指し指を突きつけられて愕然とする。そんなこと、考えたこともなかった。

――ぼくのせいで、カルロさんが……？

本当かどうか確かめたいのに術がない。本人に訊ねても否定されるのがオチだ。

それならドナテッロに訊いてみようか。彼なら忖度なく正直に教えてくれるはずだ。

――でも、もしも事実なら、ドナテッロさんは最初に止めるはず。

常にカルロを最優先に、忠誠を誓っている彼が、カルロのマイナスになるようなことを許すはずがない。そうなる前にどんな手を使ってでも阻止するはずだ。

――だけど、カルロさんが忠告を拒んでいたとしたら……？

自分との恋を優先するあまり、それ以外のことが見えなくなっているのだとしたら。

――違う。カルロさんはそんな人じゃない。

疑いそうになる自分をきっぱり切り捨てる。

彼は誰よりバルジーニ家の一員であることを誇りに思い、ファミリーを愛している男だ。

そんな人がこの家を危うくするようなことを平気でするわけがない。

「カルロさんが築いてきた評価は、ぼくとのことで下がるようなものではありません」

己の中で出た結論を毅然と言い返す。

反論されるとは思っていなかったのか、マルコがムッとしたように目を剥いた。

「あんたになにがわかる。そうやってアンダーボスを籠絡《ろうらく》しようとしてるんだろ」

「ですから違います」

「もしかしてあんた、どっかのスパイか？　情報の撹乱《かくらん》が目的か？　それともうちの内部情報を警察に横流ししてたりしてな」

「なにを言ってるんです。もういい加減にしてください」

強い口調で言い放った瞬間、マルコの目から光が消えた。

「ふうん……楯突くわけだ」

周囲にいた取り巻きたちも色めき立つ。

「舐めた口きくじゃねぇか」

「ここにいられなくしてやってもいいんだぞ」

口々に脅し文句を吐きながらジリジリと包囲網を狭《せば》めてくる。

ジュリオにだけは怪我をさせないよう、必死に覆い被さった時だった。

「そこでなにをしてる！」

鋭い声が飛んでくる。

ハッとして目を上げるとカルロの靴が見えた。

吸い寄せられるように身体を起こせば彼の後ろにはドナテッロの姿も見える。会議でもしていたのか手にはノートパソコンを携え、一見サラリーマンのようだ。

けれど、底冷えのする眼差しだけは普通とは一線を画していた。

「ア、アンダーボス……！」

予定外の人物の登場にマルコは顔を引き攣らせる。

「マルコ。おまえ、シオンになにをしていた」

「やだなぁ。なんでもないですよ。一緒に遊ぼうって声をかけて……」

「俺に嘘をつくと」

カルロが低く凄みのある声で語尾を奪う。

「どうなるか、わかっているな？」

マルコが無言でこくこく頷く。恐ろしさのあまり声も出ないようだ。

「俺は、ファミリーを大事にしないやつが嫌いだ。裏切者もな。憶測《おくそく》でものを言うやつは信用できない。よく覚えておけ」

「は、はいっ」

「俺のために骨身《ほねみ》を削ってくれていることは感謝している。だが、俺のプライベートまで立ち入ることは許していない」

カルロがじっとマルコを見据える。

蛇《へび》に睨まれた蛙《かえる》のように微動だにせず聞いていたマルコだったが、ようやく我に返ったようにギクシャクしながら口を開いた。

「で……でも、アンダーボス。こいつは男じゃないですか」

「それがどうした」

「アンダーボスは男なんか趣味じゃないでしょう？　女をたくさん侍《はべ》らせて笑ってるのが似合うのに、それなのに……！」

「おまえの勝手な思いこみを押しつけるな」

「……っ」

ピシャリと一喝《いっかつ》され、マルコが悔しそうに唇を噛む。

「俺が誰を愛そうと俺の勝手だ。俺はシオンだから惚れた。それのどこが悪い」

「カルロ」

後ろからドナテッロが声をかける。

相棒の制止にカルロは発しかけていた言葉を呑み、ただじっとマルコを見下ろした。

「とにかく、おまえはおまえのすべきことをやれ。これは命令だ。わかったな」

「…………わ、かり、ました」

マルコは感情を押しこめるように目を眇《すが》め、キッと志遠を睨んだ後で取り巻きとともに踵を返す。

走り去る後ろ姿を見送りながらカルロが小さく嘆息した。

「面倒なことにならないといいが……」

相棒の独白に、ドナテッロもため息で応える。

「もうあいつは切れ。碌《ろく》なことにならん」

「簡単に言うなよ。あれでも末端をまとめてるんだぞ」

「そのまとめてるやつらがウロチョロしすぎだと言っているんだ。誰だ、ここに入るのを許したのは。俺は許可なんか出していないぞ」

「俺だってそうだ」

「だったら目こぼしなんてせずにまとめて切れ」

ドナテッロの進言に顔を顰めたカルロは、ややあってゆっくりと首をふった。

「……少し考えさせてくれ。それなりに目をかけてきたやつなんだ」

「恩情もいいが、いつかそれが命取りになるぞ。ただでさえこいつが絡むと感情が先走るんだからな、おまえは」

ドナテッロにチラと視線を向けられ、志遠は申し訳なさに小さくなるばかりだ。

すぐにカルロが近づいてきて、励ますようにポンと背中を叩いてくれた。

「きみが気に病むことはない。俺の方こそ、面倒事に巻きこんですまなかったな」

「いえ、そんな……」

「隠さなくていい。現にこうして嫌な思いをさせた」

「ぼくなら大丈夫です。それに、ジュリオも守ってくれましたし」

「ジュリオが？」

それまで大人たちのやり取りをおっかなびっくり見ていたジュリオが、息を吹き返したように背伸びをする。

「わるいの、やっつけた！」

「そうか、そいつはすごいな。俺もうかうかしていられなそうだ」

「おにーちゃ、しょうぶ！」

「おっ、やるか？」

ファイティングポーズを取ったジュリオに合わせ、カルロも腰を落として拳を構える。

久しぶりに兄が遊んでくれると思ったのか、ジュリオは大よろこびだ。きゃっきゃっとはしゃぎはじめたジュリオを微笑ましく見守りながらも、志遠はどことなく落ち着かない思いに胸がざわめくのを感じていた。

自分の存在がファミリーに余計な波風を立てている――。

日を追うごとにはっきりしてくる一部の敵意に、志遠はどうすることもできずにいた。虐めの現場を見つけるたびにカルロやドナテッロが庇ってくれたし、リカルドやルカをはじめとする周囲の人々も味方になってくれたけれど、それでもマルコは諦めることなく、それどころかますます志遠を目の敵にして突っかかってくるようになった。

さらに悩ましいのが仲間の存在だ。

マルコに唆《そその》かされた若者の中には新たにこの動きに加わるものも出はじめている。彼らはホモフォビアを掲げ、今のカルロがドン・バルジーニの後を継ぐことには反対だと声高に話すようになった。

組織内に対立構造が生まれつつあるのが悩ましい。

カルロは「下が騒いでいるだけだ。気にするな」と言ってくれたが、決して看過できるものではない。彼の相手が女性だったらこんなことにはならなかったはずだ。

男性の自分にできることは少ないけれど、人間性を知ってもらって、考えをあらためるきっかけになればと願うばかりだ。子供たちの相手をしたり、絵を教えたり、時には字が汚くてと悩む構成員の手紙を代筆しながら、志遠はできる限りのことを行っていった。

ファミリーの仕事はできなくとも、周囲の細々としたことをサポートしたい。

もともと物作りが好きだし、手先もわりと器用な方だ。幹部のひとりであるリカルドのバースデーパーティーのためにウェルカムボードを作ったところ、思いがけず人気となり、「俺にも」「私にも」と依頼が殺到した。志遠の手描きのイラストもずいぶんと気に入ってもらえたようだ。

――自分にも、きっと貢献できることがある。だから頑張ろう。

そう自分に言い聞かせながら目下シッター業に勤しむ毎日だ。

今日も「つやつやの、どんぐり、さがす！」と言って聞かないジュリオにつき合って、かれこれ一時間ほど庭を散策している。こんな時、セントラルパークに連れていってあげられたらいいのだけれど、今日はカルロもドナテッロも忙しそうなので庭で我慢だ。

「ジュリオ、ずっと探して疲れたでしょう？　そろそろ一休みしようか」

「だいじょぶ！　いっぱいみつけて、シオンにもあげる」

「ふふふ。ぼくにもくれるの？　ありがとう」

「シオン。どんぐり、すき？」

「うん。好きだよ。ジュリオの次に好き」

「うふふ。ユーも」

おでこをくっつけ合って笑うのが最近のジュリオのお気に入りだ。ふたりだけの秘密を共有しているようで、なんだか特別な気分になる。

ずり下がっていたズボンを引っ張り上げてやると、ジュリオは「よーし!」と気合いを入れた。ポケットに入りきらないほどたくさん拾うんだと顔に書いてある。真剣な表情で木の根元をキョロキョロしはじめたジュリオに長期戦の気配を感じて、こちらも気合いを入れながら傍らにしゃがみこんだ時だ。

「落としもの? それとも埋蔵金でも探してんの?」

聞き覚えのある声にハッとしてふり返る。

思ったとおり、そこにはマルコが腕組みしながら立っていた。

「なんのご用ですか」

ジュリオを庇うように立ち上がると、マルコは小さく肩を竦める。

「そう刺々《とげとげ》しくするなよ。俺が悪者みたいじゃん」

「否定はしませんが」

「ハッ。相変わらず嫌なやつ」

どっちが……という言葉をすんでのところで飲みこむ志遠に、マルコがニヤリと笑みを浮かべた。

「偉い偉い。口は災いのもとだからね」

「なんの話ですか」

「そう睨まなくてもいいじゃん。今日は親睦《しんぼく》を深めに来たんだからさ」

「……親睦？」

耳を疑った。どこをどうやったらそういう発想になるのだろう。

訝《いぶか》しむ志遠に、マルコは「だから睨むなって」と嘆息した。

「虐《いじ》められると思ったのか？　少しは相手の言うことを信じる度量を持てよ。その証拠に、今日はあいつらもいないだろ」

言い返したい気持ちは山々だが、彼の言うとおり、今日は取り巻き連中がいない。

「家の中に入れるなってキツく言われてさ。あいつらのおかげで情報拾ったり、いろいろうまくいってるのにな。まぁ、でも睨まれたからにはおとなしくしておくかって」

マルコはもう一度肩を竦めながら皺になったソフトケースの煙草を取り出す。

呆気に取られて聞いていた志遠も、それを見てハッと我に返った。

「子供がいます。遠慮してください」

「あぁ？　今さらだろ」

「副流煙《ふくりゅうえん》は身体に毒です。カルロさんたちもジュリオと一緒の時は吸いません」

カルロの名前を出した途端、マルコが嫌そうな顔でこちらを睨んだ。

「二言目にはカルロさん、カルロさん。特別扱いはこれだから……」

「あなたに言われる覚えはありません」

「そうツンケンすんなって。親睦を深めに来たって言ったろ」

マルコは抜きかけた煙草をもとに戻すと、ズボンの後ろポケットに捻じこむ。

「なにせ、もうすぐアンダーボスの誕生日だ」

「え？　そうなんですか？」

「その顔じゃ、いつが誕生日かも知らないみたいだな」

「……」

彼の言うとおりだ。というか、考えたこともなかった。

戸惑う志遠に、マルコはいつになく親しげに笑う。

「別にそれでマウント取るつもりはないって。どうせ聞けば教えてもらえる話だからな。再来週の土曜だ。もうそろそろバースデーパーティの準備もはじまる」

「そうなんですか」

「リカルドの時みたいに、ウェルカムボードを描いてくれって言われるんじゃないか？あんたも準備しておかないと」

「そう、ですね。ほんとだ。プレゼントも用意しないと……」

カルロのほしいものはなんだろう。なにを贈ったらよろこぶだろう。フィレンツェではオシャレなお店に出入りしていたから、きっと目も肥《こ》えているはずだ。

「よかったら、一緒にプレゼントを買いに行かないか？」

「え？　一緒に……？」

さらに思いがけないことを言われて目が丸くなった。

「せっかくの誕生日なんだし、アンダーボスをよろこばせたいじゃん。あんたなら好みもわかってると思うしさ。俺はそういうの苦手なんだよ。いつも一緒にいるやつらも、人に贈りものなんてしたことないし……」

マルコが決まり悪そうに後ろ髪を掻く。

「だからさ、助けると思ってつき合ってくれよ。あんたに選んでほしいんだ。それでアンダーボスによろこんでもらえたらあんたを見直すやつも出ると思うし、俺だってそうする。結果的にそれが一番アンダーボスによろこんでもらえると思うしな」

「マルコさんが、ぼくを……？」

「俺がアンダーボスを慕ってるのは知ってるだろ。よろこばせたいんだ。他意はない」

尊敬する人をよろこばせるためならば、嫌っている相手にも助力を乞う。そんな姿勢が意外だった。

――そういうタイプじゃないと思ってたけど……。

でも案外、カルロ思いのいい人なのかもしれない。思いが強すぎるきらいはあるものの、こうして良く思っていない相手にまで声をかけられるのは立派なことだ。

「そう、ですよね。よろこんでほしいですもんね」

「わかってくれるか」

「はい。その気持ちはぼくも同じですから」

「決まりだ。今から行こう」

「ず、ずいぶん急な……」

マルコが意気揚々と肩に手を回してくる。

「善は急げって言うだろ。あんたがそう言ってくれると信じて、車も手配しておいた」

「ほんとですか」

あまりの用意周到さに驚いてしまった。よほど思い入れがあるのだろう。

「じゃあ、代わりにジュリオの面倒を見てくれる人を探してきますから……」

「連れていけばいい」

「え?」

後ろにいるジュリオをふり返る。

マルコが苦手なジュリオは、彼が近づいてきてから志遠にぴったりくっついて離れない。

それをマルコはいいように解釈したようだ。

「そら、ジュリオもあんたと離れたくないみたいだぞ」

「ジュリオ。お買いもの、一緒に行く？」

「んー……」

手の甲でこしこしとおでこを掻きながら下を向く。困った時の彼の癖だ。

「無理しないでいいんだよ。お留守番してよっか？」

「や！」

「はい、決まり」

マルコがパチンと指を鳴らす。

そのまま話を進められそうになって、志遠は慌てて首をふった。

「待ってください。出かける時はカルロさんが一緒じゃないと……」

「あのねぇ、『あなたのプレゼントを買うために一緒に来てください』って言うつもり？

サプライズになんないだろ」

「じゃあ、ドナテッロさんと」

「ドナテッロも今は会議中だ。それに、そこから情報が洩れるのも困る。驚かせたいんだ」

——どうしよう……。

これではカルロとの約束を破ってしまうことになる。

躊躇っていると、マルコはやれやれと嘆息しながらスマートフォンを取り出した。

「伝言しとけばいいだろ。リカルドにでも伝えておく」

彼はそう言ってどこかへ電話をかけると、これから志遠と街まで買いものに行くこと、ジュリオも連れていくこと、一時間ほどで戻ることを伝える。電話の向こうのリカルドは特に疑問にも思わなかったようで、通話はすぐに終了した。

「よし。じゃあ行くか」

マルコに促されるまま、屋敷の裏手に停めてある車の中からグレーのセダンに乗りこむ。色褪せてところどころ塗装も剥がれた、見るからにオンボロな車だ。まともに走るのだろうかと訝しんでいると、視線に気づいたらしいマルコが「心配すんな」と苦笑した。

「上からの払い下げだが、ちゃんと走る。あんたが乗ってきたリムジンは本来なら首領《ドン》やアンダーボスしか乗れない別格の車だ。俺たち下っ端はボロくても我慢しないとな」

「おっしゃることはわかります」

「話が早くて助かるよ。なに、もうすぐ廃車になる運命だ。気兼ねせずに寛いでくれ」

マルコがニヤリと口端を上げる。

なんとなく引っかかるものを感じたものの、訊ねる間もなくジュリオとともに後部座席に押しこまれ、すぐさま車は走りはじめた。

マルコはやけに上機嫌で、鼻歌を歌いながらどんどんアクセルを踏んでいく。タイヤを軋ませながらコーナーを曲がったり、無理矢理別の車の前に割りこんだりと、いつ事故を起こしてもおかしくないような運転の仕方だ。

「あ、あの……もうちょっとおだやかにっ……」

「なんだって？」

窓を全開にしているからか、志遠の訴《うった》えは届かないようだ。

急ハンドルを切られるたびに後部座席で翻弄《ほんろう》される。ジュリオが頭をぶつけないように抱き締めて守るので精いっぱいで、周囲の景色なんてまるで気にする余裕もなかった。

そうしてどのくらい走っただろう。気づくと、車は建物の地下ガレージのようなところで止まった。

「……ここ、ですか？」

リカルドへの伝言では街に行くと言っていたと思うけれど。

辺りをキョロキョロ見回してみても薄暗くてよくわからない。

「降りろ」

運転席のマルコに顎《しゃく》を決られ、志遠はジュリオとともにそろそろと車を降りる。

その瞬間、どこからともなく現れた屈強な男たちに取り囲まれた。

「えっ？　な、なに……？」

「おとなしくしろ」

あっという間に捕らえられ、有無を言わさず拘束されて、事態を悟った時には遅かった。

ザーッと血の気が引いていくのが自分でもわかる。

それでも、ジュリオが砂袋のように抱え上げられるのを見た瞬間、志遠はハッとなって声を上げた。

「なにするんですか！　ジュリオ！　ジュリオを放して！」

「おとなしくしろって言ったのが聞こえなかったのか」

「黙らせろ」

リーダーと思しき男が命じるなり、ガン！　という強い痛みが後頭部を襲う。

「……グッ、……ぁ……」

それは視界がブレるほどの衝撃だった。立っていることができなくなり、志遠は小さく呻きながらその場に崩れ落ちる。

「まとめて運べ」

ジュリオを助けなければ。ジュリオを取り返さなければ。

──ジュリオは、ぼくが守って、あげなくちゃ……。

必死に手を伸ばしたものの指先は虚しく空を掻く。

乱暴に担ぎ上げられる感覚を最後に、それきり志遠は意識を手放した。


目が覚めると、そこは見覚えのない部屋の中だった。

何度か瞬きをするうちに意識を失う直前のことを思い出した志遠は、慌てて起き上がろうとして後頭部に残る痛みに呻きを上げる。

「ようやくお目覚めのようだ」

声のした方を向くと、そこには黒い髪をした大柄な男性が立っていた。

年齢はカルロたちよりだいぶ上、おそらく四十歳ぐらいだろうか。褐色の肌に髭《ひげ》を蓄え、不敵な笑みを浮かべながらじっとこちらを見下ろしてくる。

彼の後ろには黒服の男たちが控えており、その中にはなぜかマルコの姿もあった。

──なんだ、これ……。

まるで意味がわからない。

少しでも状況を把握しようと起き上がり、あちこちを見回していると、先ほどの男性がコツ、コツ、と靴音を響かせながら近づいてきた。

「部下が手荒な真似をしたようだな。だが、騒がれると厄介でね。静かにするために少々眠ってもらった」

「あなたは……？」

「私は、コロンニ家をまとめているものだ」

「……！　じゃあ、あなたがティツィアーノさん……」

「ほう。知っていてくれたとは光栄だ」

目の前に立ったティツィアーノがにこやかに頬をゆるめる。だがその目は冷たいままで、感情のようなものは見出せなかった。

――彼が、ティツィアーノ・コロンニ……。

ナンバー2組織の首領にして、バルジーニ家に遺恨を持つ男だ。しつこくカルロの命を狙ったばかりか、一般人である志遠に銃口を向けたり、後をつけて厭がらせをしたりしてきた。

そんな相手と、まさか対面することになるなんて。

――どうしてぼくたちの居場所を知っていたんだろう。

たまたま車に乗っているところを見かけて、それで跡をつけたのだろうか。それとも、バルジーニ家の前を二十四時間見張っていたとか……？

「ずいぶんと人を信じやすい質《たち》のようだ」

逡巡していると、頭の中を見透かしたようにティツィアーノがククッと喉で笑った。

「本当にバースデープレゼントを買いに行くとでも思っていたのか？」

「どうして、それ……」

「口実に決まっている」

とっさにマルコの方を見る。

彼はいつものように鼻で嗤いながら軽く肩を竦めてみせた。

「あんなにあっさり信じるなんてね。その分じゃ、俺がリカルドに伝言したっていうのも信じてた？」

「…………嘘、だったんですか……？」

「おかげでこっちは大助かりだったけど。あんたもドライブを楽しめただろ？」

「――――」

肯定の返事にわなわなと身体がふるえる。

信じられない。信じたくない。けれどこれが現実なのだ。

「マルコさん、カルロさんのことを慕ってるって……尊敬してるって言ってましたよね。それなのに、どうしてこんな……」

「どうしてだと？　よくもそんなことが言えたもんだな」

マルコの顔から笑みが消える。彼はツカツカとこちらへ歩み寄ると、手で乱暴に志遠の下顎を掴んだ。

「あんたのせいだよ。あんたみたいなやつが擦り寄ったせいで、アンダーボスはおかしくなっちまった。もうもとには戻らないんだ。俺が慕ってた頃のあの人にはもう二度と」

ぐしゃりと顔を歪めたマルコは、突き飛ばすようにして下顎を掴んでいた手を離すと、憎しみも露《あら》わに志遠を睨めつけた。

「だから、あんたには相応の報いを受けてもらう」

「それで対抗組織と手を組んだんですか。そんなの裏切りじゃないですか！」

「利害の一致こそシンプルで強固だ」

横からティツィアーノが割りこんでくる。

「おまえを餌にカルロを誘《おび》き出して長年の恨みを晴らしてやる。目の前で殺してやるから愉しみにしているといい」

「なっ……！　マルコさん、それでいいんですか⁉」

「もう俺のアンダーボスは戻ってこない。裏切られたのは俺の方だ」

「なに言ってるんですか。死んだらそれこそ元も子もない。殺すだなんてやめてください」

「うるさいガキだ」

　顔を顰めたティツィアーノが軽く顎を決るなり、あっという間に男たちに取り囲まれ、そのまま羽交い締めにされた。

　それでも、ここで黙っているわけにはいかない。

「お願いします。もう一度考え直してください。もっといい解決方法があるはずです」

「部外者になにがわかる」

「おっしゃるとおりぼくは部外者です。ファミリーの一員ですらない。でも、大切な人が殺されるかもしれないと言われたら黙ってなんていられません」

「そうか」

　ティツィアーノが静かに頷く。

　ようやくわかってもらえたかと期待した志遠の目の前で、彼はスーツの内側に装着していたガンホルダーから拳銃を抜いた。

　冷たい銃口がゆっくりとこちらに向けられる。

「……ッ」

その瞬間、フィレンツェでの一件がまざまざと脳裏に蘇った。恐怖に心臓が竦《すく》み上がり、嫌な汗が背筋を伝う。緊張のあまり手足がみるみる冷たくなっていった。

彼が引き金を引いたら、自分は死ぬ――。

これまでの人生で味わったことのないレベルの恐怖だ。

それをもう一度経験することになるなんてと思う一方、常に危険と隣り合わせの世界に飛びこむことを決めたのは自分だという自負が志遠の背中を強く押した。

そうだ。自分は自分で選んでこの世界にきた。だから、こんなものは怖くない。本音を言えば恐ろしいけれど、でも、怖くなんかないんだ。

――ぼくは偉大なる冒険者なんだから……！

自分に言い聞かせるように念じると、志遠は毅然と顎を上げた。

「ぼくは脅しに屈しません。ぼくを殺せばカルロさんを呼び出せなくなる。それでもいいんですか」

一か八かの賭けだ。それでも本気だと伝えるにはこれしかない。

睨めつける志遠をじっと観察したティツィアーノは、ややあってニヤリと嗤った。

「見た目に反して肝の据わった男だ。気に入った」

彼は銃を収め、もう一度こちらに向き直る。

「そんなにカルロを助けたいか」

「助けたいです」

「自分がどうなってもか」

「構いません」

「それなら私と取引をしよう。……なに、おまえにとっても悪い話じゃない」

ティツィアーノが粘ついた笑みを浮かべる。

　生理的な気持ち悪さに思わずぶるりと身をふるわせると、怖がっていると思ったのか、ティツィアーノはますます笑みを濃くした。

「私はおまえが気に入った。私のものになるなら、カルロの命は助けてやろう」

「……え？」

「今ここでおまえを犯《おか》すと言っている。ここで皆に見られながらな。……なぁに、躊躇うことはない。羞恥だって立派な快楽のエッセンスだ。イエスと言えばすべてが叶う」

「…………」

　衝撃のあまり声も出ない。まさか、そんなことを言われるとは思いもしなかった。

「ぼ、ぼくは男です」

「知っている。あのカルロを誑かしたんだ。さぞやいい身体なんだろう？」

「カルロさんとはそんなんじゃありません」

「おっと。あいつは味見もできなかったのか。そいつは愉快だ」

ティツィアーノがククッと喉奥で嗤う。

彼は手を伸ばして志遠の頬に触れると、指の背でスーッと頬を撫で下ろした。

「……っ」

「初心《うぶ》な反応だ。ますますそそる」

「や、め……」

「おっと、やめていいのか？　これは取引だ。あの男を助けたいんだろう？」

ティツィアーノが芝居がかった調子で両手を広げる。

それを黙って見るしかないこの状態に唇を噛みながら、志遠は己の心と向き合った。

カルロは、自分が愛したただひとりの人だ。そして自分を愛してくれたただひとりの人でもある。彼はバルジーニ家の要石《かなめいし》だ。ファミリーをまとめるトップとして、将来首領を継ぐものとして、なくてはならない人間なのだ。危険な目に遭わせるわけにはいかない。

「本当に、カルロさんには手を出さないでくれますか」

「もちろんだ」

「それから、ジュリオにも……、ジュリオ。ジュリオはどこです！」

「向こうの部屋で寝ている。おまえと違っておとなしくな」

ティツィアーノが目で開きっぱなしのドアを指す。

どうやらここは、いくつかの部屋がつながったコネクティングルームのようだ。あちらにも寝室があるのだろう。

「ジュリオに会わせてください」

「それは取引が終わってからだ」

「一日でいいんです」

「言っておくが、私は気が変わりやすい。よく考えて行動するんだな」

語尾を奪う勢いで畳みかけられ、とっさにそれ以上の言葉を呑んだ。

ティツィアーノがサイドテーブルに置かれた砂時計をひっくり返し、「時間をやろう」と笑いかけてくる。

「この砂が落ち切る前に選ぶといい。おとなしく私のものになるか、私の申し出を断ってすべてを失うか」

こうしている間にも砂はみるみる瓶の隙間を滑り落ちていく。すでに腹を括ったつもりでいても、あらためて決断を迫られると迷いが生じた。

――本当に、これが正しいやり方だろうか。

他に方法はないのか。誰もが助かる道はないのか。

けれど、砂が残り少なくなるにつれてどんどん焦りが募っていく。わかることはひとつだけ、自分が断ったら最悪のシナリオが待っているということだ。カルロは誘き出されて殺される。ジュリオだって助かるとは思えない。とにかくそれだけは避けなくては。

志遠は強く奥歯を噛み締め、自《みずか》らの心に蓋をする。

「……時間だ」

無情な声に顔を上げると、志遠はまっすぐティツィアーノを睨んだ。

「わかりました」

「よし。契約成立だ」

ティツィアーノが蛇のような目でニタリと嗤う。

志遠は男たちによって担《かつ》ぎ上げられ、ベッドに乱暴に仰向けにされた。逃亡防止なのか四肢《しし》を押さえられ、なぜか左腕の袖を捲られる。

ひとりの男が鞄から注射器を取り出すのを見た瞬間、志遠はハッと身体を強張らせた。

「それっ……」

「おとなしくしていろ。針が折れると面倒だ」

「なっ…、なに、やめ……！」

必死に抵抗を試みるものの、四人がかりで押さえつけられてビクともしない。そうこうするうちに男は志遠の腕に狙いを定め、強引に針を打ちこんできた。

「……う、っ……」

すぐに冷たいなにかが注入される感触があり、視界が大きくぐわんと旋回する。まるで麻酔でも打たれたようだ。壊れそうなほど心臓が高鳴り、あまりの息苦しさに目も開けていられなくなった。

志遠が身動きできなくなるのを待って、四肢を押さえていた男たちが離れていく。

それと入れ替わるようにしてティツィアーノがやってくるのが気配でわかった。

「緊張を解すためのちょっとしたクスリだ。なに、悪いもんじゃない」

その言葉にふと、カルロの祖母の話を思い出す。誘拐されて麻薬を使われ、禁断症状に苦しみながら死んだという彼女もこんな恐怖を味わったのだろうか。

「効果が出るまでしばらくかかる。遅効性《ちこうせい》でな。私たちは隣の部屋にいるから、おまえはゆっくり寛いでいるといい。朦朧《もうろう》として素直になった頃にたっぷりかわいがってやる」

やっとのことで目を開けると、ティツィアーノが黒服の男たちやマルコを従えて部屋を出ていくところだった。

ドアが閉まり、ひとりきりになった途端に絶望的な気持ちが襲ってくる。

——どうしよう……。

取り返しのつかないことになってしまった。

両手を持ち上げ、ふるえていることに気づいてぎゅっと拳を握り締める。それでもなお怖くて怖くて、志遠は自身を強く抱き締めた。

自分はもうどうなるかわからない。意識が朦朧としたままティツィアーノに辱《はずかし》められ、自尊心もなにもかもを踏み躙《にじ》られて、そのうち飽きて殺されるだろう。

だからせめてそうなる前に一目だけでもカルロに会いたい。愛していると伝えたい。

「カルロさん……」

両手で顔を覆い、呻《うめ》くように声を絞り出した時だった。

「——やれやれ。手を焼かせやがって」

「これでようやく、あいつらに吠え面をかかせてやれるってもんです」

隣の部屋からティツィアーノたちの声が聞こえてくる。ドア一枚隔《へだ》てたところで志遠が聞いているとは思いもしないのか、その声は大きく明け透けだ。

「それより、ドン。ほんとに男をやるんですかい？」

「男相手は趣味じゃないが、カルロの恋人となれば犯し甲斐もあるだろう？」

「違いねぇ。あいつ、どんな顔するでしょうね」

「せいぜい悔しがるといい。それを肴《さかな》にうまい酒が飲める」

わっと下卑《げび》た嗤《わら》いが起きた。

あんな男たちにカルロを嘲笑されているのだと思うと怒りでふるえてくる。いっそ無理矢理にでも乗りこんでいって、一発お見舞いしてやろうかと身体を起こしかけた時だ。

「バルジーニのやつらにはこれまで散々世話になった」

「倉庫のガサ入れでは何人もブチこまれましたから」

「まずはその礼をしてやろう」

不穏な言葉に志遠は動きを止める。

少しずつ朦朧としてきた頭でもカルロたちの身に危険が及ぶ内容だと察しがついた。

——なんとかしなきゃ……。

ベッドに膝立ちになろうとして、うまく力が入らずにガクンと崩れる。

その拍子に、首から下げていたペンダントがシャツの襟から飛び出した。

「あ……」

それはカルロがジーノと名乗っていた頃、自分に贈ってくれたものだ。フィレンツェのミケランジェロ広場でつけてくれた時のことを昨日のことのように覚えている。それ以来、お守りとして毎日肌身離さず身につけてきた。

そっとペンダントに触れる。まるで、カルロが「俺はここにいる」と言ってくれているようで心細かった気持ちがどこかへ吹き飛び、胸の中があたたかいもので満たされた。

志遠は目を閉じ、ペンダントに願いを籠める。

「カルロさん。ぼくに力を貸してください」

少しでいい。今だけでいいから、このことを伝えられるように。

志遠はポケットからスマートフォンを取り出し、ふるえる手でカメラアプリを起動する。手早くビデオモードに切り替え、室内の映像と一緒に隣室の会話を録りはじめた。

「……それより、近々港に船が着く。スカンジネビルだ」

「スカンジネビル？　いったいなんです？」

「カッサーノの連中が出し渋っていた極上品だ。強い依存性のあるドラッグで引きもいい。この辺りで手をつけたのはうちが最初だろう」

「へぇ。しかし、カッサーノのやつらはどうして出し渋ってやがったんです？」

「さぁな。中抜きの折り合いがつかなかったのか、それとも私たちに刃向かうつもりか」

「長年ドンに面倒見てもらってたくせに、調子に乗りやがって」

「そう熱くなるな、トニー。あいつらもガサ入れで削られて余裕がないんだろう」

「それはうちも同じです」

「だからバルジーニにはまとめて礼をさせてもらうさ。スカンジネビルを使ってな」

またしても男たちがわっと湧く。

宙《ちゅう》に向かってスマートフォンを構えながら、志遠はドクンドクンと高鳴る鼓動に必死に息を殺し続けた。

ティツィアーノたちが具体的な時期や方法を話し合う間もじっと耐え、決定的な証拠が撮れたところで録画を終える。気を張っていたせいか、腕を下ろした途端に両腕が重怠《おもだる》くなっていることに気がついた。心なしか指先もジンジンと痺れている。ドラッグが効いてきたに違いない。

――早くしなくちゃ。

意識が混濁《こんだく》してしまう前に、今撮ったものをカルロに送らなくては。

急いで短いメールを打ち、動画を添付したものの、ファイルサイズが大きくて送信前に弾かれてしまう。ならばと普段仕事で使っているクラウドにアップしようとしたものの、ネットワークが弱いらしく何度やっても送信エラーになるばかりだった。

――せっかく撮ったのに……！

この決定的な証拠があれば、カルロたちは難を逃れることができる。それなのに、あと一歩のところで知らせることができないなんて。

――落ち着け。考えるんだ。

自分自身に言い聞かせながら、万一のためデータをマイクロSDカードにコピーする。もしもスマートフォンを取り上げられたとしても、データさえあればなんとかなる。

動画を移し終わり、SIMカードと一緒にSDを抜き取る。なくさないようにどちらもズボンの前ポケットに押しこんだ時だ。

「……そろそろ効いてきた頃か？」

急に部屋のドアが開き、ティツィアーノが顔を覗かせる。彼は志遠がスマートフォンを持っていることに気づくなり表情を変えた。

「おい。それでなにをしていた。貸せ」

「あっ」

有無を言わさず端末を取り上げられ、思いきり床に叩きつけられる。ガンッ！　という重たい音とともに画面のガラスが割れ、見るも無惨にヒビが入った。

異変に気づいた男たちが駆けこんでくる。

「中身も破壊しておけ」

それに吐き捨てるように命じると、ティツィアーノは目を瞠る志遠に顔を近づけた。

「おかしなことは考えない方がいい。言っただろう、私は気が変わりやすいと。おまえを死ぬまで犯すことだってできるんだ。なんなら、ここにいるやつら全員でな」

「……っ」

「むしろそうしてほしいか？　……あぁ、効いてきたようだ。息が乱れている」

指摘されてはじめて、志遠は自分の呼吸が浅くなっていることに気づく。やけに鼓動が速いのは非常事態に気を張っているせいだと思っていたのに。

「遅効性だが、その分効果は持続する。はじめての人間には効きすぎると思うほどにな。おまえはこれから雌犬《めすいぬ》になる。私を咥《くわ》えこんで喘《あえ》ぐだけの淫らな犬に」

ドン、と胸を押され、仰向けにベッドに倒れこむ。

慌てて起き上がろうとしたものの、先ほどと同じように両手両足を押えこまれ、さらにティツィアーノが覆い被さってきて身動《みじろ》ぎひとつできなくなった。

獲物を食らう獣のようにギラついた目で見下ろされ、恐ろしさに喉がヒュッと鳴る。

「さぁ、愉しませろ」

「……う、っ」

首筋に髭と唇を押し当てられ、下からねっとり嬲《なぶ》り上げられて、たちまち全身に鳥肌が立った。気持ち悪くてたまらない。逃げ出したいのにそれもできない。

——カルロさん。カルロさん……！

意識も風前《ふうぜん》の灯火《ともしび》だ。せめて最後に一目会いたかった。

——カルロさん、どうか無事でいてください……。

祈りをこめた涙が一粒頬を伝った、その時だ。

バン！　という大きな音とともに入口のドアが外から蹴破られる。

「誰だ！」

「動くな！」

大きな声がしたかと思うと、見覚えのある男たちが一気に傾れこんできた。バルジーニ家の面々だ。

「な、……なっ」

突然のことにコロンニ側の反応が遅れたのを見逃さず、彼らは一撃で相手を伸していく。自分が気を失った時のように後頭部を殴られて倒れるもの、足払いをされてのた打つもの、顔面を殴られて血を流すものなど様々だ。この騒ぎに乗じてティツィアーノは部下を盾に脱出したようだが、それ以外の男たちは皆ターゲットになったらしい。

相手の反撃を防ぐべく、銃を構える侵入者の中にはドナテッロの姿もあった。

「ドナテッロさん。どうして……」

ドナテッロはコロンニ側から志遠を守るように立ちはだかる。

「おまえは動くＧＰＳだ。忘れたか」

「え？　あ……」

そういえば、ペンダントヘッドの裏側には小型ＧＰＳがついていると言っていたっけ。それで居場所を特定したのだろう。

「助けにきてくれたんですね」

「話は後だ。とにかく帰るぞ」

ベッドに歩み寄ろうとする彼に、志遠はすかさず隣室を指す。

「ジュリオがいるんです。向こうの部屋に」

「なんだと」

「ぼくはもう足が動きません。せめてジュリオだけでも助けてください！」

ドナテッロが目を瞠る。

そうしている間にも、奇襲に倒れたコロンニの連中が三々五々に起き上がりはじめた。バルジーニ側が銃を構えていることなどお構いなしに彼らは銃やナイフに手を伸ばす。

「また俺たちの邪魔をしやがって、バルジーニめ……」

ドナテッロは顔色ひとつ変えず、一番手前にいる男に銃を向けながら淡々と告げた。

「俺たちの連れが世話になったようだな。悪いがこいつは連れて帰る」

「ただでやると思ってんのか」

「大声を出すな。いくら街から離れたモーテルだろうと騒ぎにするわけにはいかない」

「うるさい。おまえらが来た時点でできない相談だ」

「言っておくが」

ドナテッロは相手の語尾を奪い、その場の全員を睨めつける。

「警察にはタレコミ済だ。もうすぐサイレン鳴らして飛んでくるだろうぜ」

「な…、んだと」

男の顔色が変わった。明らかに動揺した表情だ。

「こちらは誘拐された仲間を取り返しに来ただけだ。痛くも痒《かゆ》くもない。おまえらはこの間のことがある分、こってり絞られるだろうけどな。自業自得だ」

「ふざけんな！」

激高した相手がとうとう引き金を引く。

パン！　という耳を劈く破裂音に続いて窓ガラスが粉々に砕け散った。

それが合図だったかのように辺りは騒然となる。もう時間がない。迷っている暇はない。

「ドナテッロさん。これを」

ドナテッロのスーツのポケットにＳＤカードを押しこみ、目と目を合わせた次の瞬間、激しい銃撃戦がはじまった。

「伏せろ！」

「わっ！」

ドナテッロに突き飛ばされてベッドの下まで転げ落ちる。床に頭こそ打ちつけたものの、おかげで蜂の巣にならずに済んだ。それに、ベッドがうまい具合に楯になる。

この向こうでは恐ろしい光景がくり広げられているのだろう。あちこちでなにかが壊れる音や人が倒れる音がする。硝煙の匂い、血の匂い、すべてがフィレンツェの時の悪夢のようだ。まるで生きた心地もしないまま志遠は床に伏せるしかなかった。

ガタガタとふるえながら、どれくらいそうしていただろう。

「シオン！」

シンとした中、名を呼ばれた。続いて両の肩に手が置かれる。

そろそろと顔を上げると、カルロがこちらを覗きこんでいるのが見えた。彼の後ろにはリカルドをはじめとするいつもの面々もいる。来てくれたのだ。こんなところまで。

「シオン。無事で良かった」

「ごめん、なさい……勝手な、こ…、と……」

話したいことがたくさんあるのにうまく口が動かない。声を出すたびに喉が引き攣れたように痛み、志遠は何度も胸を押さえた。これもドラッグの影響なのかと思うと悔しくて苦しくてたまらない。

カルロの手が伸びてきて、胸を掻き毟る志遠の手を上から包んだ。

「シオン。なにがあった。まさか」

「カルロ、さ……おね、がい……気をつけ、て……」

焼けるような喉の痛みを押して懸命にカルロに訴える。

具体的なことはわからなくとも、気持ちは伝わったのだろう。縋りつく志遠をぎゅっと抱き締め、「わかった」とだけ返したカルロは、やがて腕を解くと立ち上がった。

そうして部屋の隅で呆然としているマルコのもとに歩み寄る。

「おまえに訊きたいことがある。下にうちの車があった。……マルコ、おまえがシオンをここまで連れてきたんだな」

マルコはビクッと身を竦ませ、それから激しく首をふった。

「ち、違います。俺は彼を助けようと思って、それで」

「助ける？　どうやってこの事態を把握した。連絡でももらったと言うつもりか」

「えっ、えっと……違うんです。もともとはアンダーボスのプレゼントを買おうって話になって、シオンに選ぶのを手伝ってもらおうって」

「俺の？　半年も先の誕生日を？」

「……っ」

「もういい、マルコ。おまえの嘘はもうたくさんだ」

カルロが静かに銃の消音装置を外す。

それを見て、マルコは歯の根も合わないほどふるえはじめた。

「おまえがティツィアーノと通じていたなんてな……。拾い上げてやった時からあんなに慕ってくれていたおまえが」

「違う。違います。誤解です、アンダーボス。俺はただだっ……」

「マルコ！」

ドスの利いた声で一喝され、マルコが恐怖に目を瞠る。

「お、おおお願いです。殺さないで……！」

「おまえには何度も言ってきたつもりだ。俺は、裏切者だけは決して許さないと」

「だって俺は！　アンダーボスがそいつに！」

「言い訳は聞かない。さよならだ」

「カルロ！」

ドナテッロが鋭い声で割って入る。

その瞬間、カルロの動きがピタリと止まった。

「おまえの手は、こんなやつのために汚していいものじゃない。俺がやる」

ドナテッロはそう言うなり、まるでそうすることが当然のように相棒の手から銃を奪う。

そのまま怯えるマルコを引き摺って出て行くのを誰もなにも言わずに見送った。

「……さぁ、帰ろう」

カルロの一言で、硬直していた場が再び動き出す。

リカルドたちは手分けしてジュリオを救出するとともに、突撃部隊とともにコロンニの連中を締め上げる。ホッとしたのか、大声で泣き出すジュリオの声が聞こえた。

――ごめんね、ジュリオ。怖かったね。

そう言って抱き締めてあげられたらどんなにいいだろう。

けれどもうこの足も、この腕も、この声さえ自由にならなくなった。これがドラッグの恐ろしさだ。意識はどんどん霞《かす》んでいき、物事の分別が曖昧《あいまい》になる。もう二度と、もとの自分には戻れないような気さえした。

それでも、そんな自分が最後に良くやったと思えることがあるとするなら、それはドナテッロにSDカードを預けたことだ。彼ならその意味を正しく汲《く》み取り、中身を確認してくれるだろう。それによってティツィアーノの企みを知らせることができたら、命懸けで

拘束されたことにも意味が生まれる。

カルロがなにか言っている。泣きそうな顔をしている。

――ごめんなさい。もう、わからないや……。

でも、傍にいてくれてうれしいことだけは伝えたくて、志遠は懸命に笑ってみせた。

――カルロさん。大好き。愛してる。

最後にカルロに会えたことは、きっと神様のご褒美だ。願いを聞き届けてくれたのだ。

だからもう、思い残すことはなにもない。冒険の最後、こんなふうに幕を下ろすなんて思いもしなかったけれど。

――これで、ぼくの旅は終わりなんだなぁ……。

寂しいけれど楽しかった。

とてもとても、楽しかった。

たくさんの思いと愛を胸に、志遠は遠く意識を手放した。

＊

夢を見た――。

男の子が蹲《うずくま》って泣いている。

どうしたのだろうと思って声をかけると、怖がらせてしまったのか、男の子はビクッと身を竦めてますます激しく泣き出した。

そこで志遠は少し離れたところに腰を下ろし、男の子に聞こえるような声で持っていた絵本を読みはじめる。

自分が描いた二冊目の絵本だ。

はじめは泣くのに大忙しだった男の子は、いつしかスンスンと鼻を啜りながら聞き耳を立てるようになり、顔を上げてこちらを向くようになり、いつしか近くに躙《にじ》り寄ってきて、志遠の傍にピタリとくっつき『弱虫ちゃん』の冒険に夢中になった。

弱虫ちゃんが驚けば自分もびっくりし、弱虫ちゃんが泣けば自分もポロポロ涙を流し、いつしか一緒になって愉快な冒険を楽しんだ。

男の子はすっかり元気になり、絵本を閉じると同時にすうっと消える。

彼の残した笑い声があたたかな光となって自分とひとつになるのがわかった。

「――弱虫ちゃんは、ぼくだったんだな」

目が覚めるなり、天井を見上げながらぽつりと呟く。

ジュリオと一緒に、彼をモデルに描いたつもりでいたけれど、そこには自分も重なっていたのだ。こうして物語を追体験し、思いきり泣いて、思いきり笑って、なんだかとてもすっきりした気分だ。

志遠はゆっくりと深呼吸をすると、清々しい気持ちでベッドの上に起き上がった。

室内は薄暗く、シンとしている。カーテンの隙間からオレンジ色の日が差しこんでいるから、今は夕方あたりだろうか。

壁にかかる時計を見上げ、概ね勘が当たっていたことを確かめて、志遠はほうっと息を吐いた。

「絵本、どうなったかな……」

出版の話が途中のままニューヨークに来てずいぶん経った。

谷とはその後もメールでやり取りを続けていたが、詳しい事情を話すわけにはいかず、

「また急に旅に出ることになりまして……」と誤魔化している。そのため、印刷の色味を確認する色校正などは、志遠の想いを汲んだ谷が一手に引き受けてくれている状況だ。

思い入れのある物語だけに、最後まで手をかけられたら良かったのだけれど――。

そんなことを考えていると、ドアが開いてひとりの青年が入ってきた。

手には盥《たらい》やタオルを持っているから、自分の世話をしてくれていたのだろうか。志遠が目を覚ましたと知るや彼は大慌てで部屋を出ていき、カルロとドナテッロを連れてきた。

「シオン！　起きたか」

「良かったな。大した回復力だ」

「カルロさん。ドナテッロさんも」

ふたりは上気した様子でベッドの傍に駆け寄ってくる。

カルロの指示でバルジーニ家専属の医師が呼ばれ、すぐさま検査と問診《もんしん》がはじまった。

呼吸の様子を観察され、体温を測られ、脈拍や血圧を確かめた後で採血される。身体に痺れは残っていないか、視界不良はないかなど訊ねられたことに落ち着いて答える志遠の様子を見て、医師は「ひとまずはご安心を」と頷いた。

「検査の結果が出次第、あらためてご報告いたします。それまでは無理をなさらず」

「ありがとうございます」

来てくれた時と同様、大きな黒い鞄を提げて医師が出ていく。世話人の青年も退室し、部屋にはカルロとドナテッロ、それに志遠の三人だけになった。

「本当に、良かった……」

あらためてこちらに視線を戻し、カルロは長い長いため息をつく。

聞けば、丸二日眠っていたそうだ。その間打たれたドラッグを特定し、解毒剤を打ち、あとは祈るような気持ちで目を覚ますのを待っていたとか。

「ありがとう…、ございました」

「無理に話そうとしなくていい。まだ喉が痛むんじゃないか」

「いいえ。少し引っかかっただけですから。……それより、身体中がギシギシします」

「二日も寝ていればな。ジュリオもずいぶん心配していた」

その名を聞いた途端、頭の中にあの日の光景が蘇る。

ジュリオを助けなければ。ジュリオを取り返さなければ――。

「ジュリオは今どうしていますか。怪我はしていませんか」

とっさに手を伸ばすと、安心させるようにカルロが強く握り返してくれた。

「心配いらない。元気の塊そのものだ。きみにとても会いたがっている」

「無事に助け出せたのもおまえのおかげだ。向こうの部屋にいると教えてもらわなければ救出が遅れて人質にされていたかもしれん」

　ドナテッロも話に入ってくる。

「そうですか。良かった……」

　ふたりの言葉にホッとすると同時に、あらためて危ない目に遭わせてしまったことへの自責の念がこみ上げた。

「本当にすみませんでした。ぼくが軽率だったばかりに、ご迷惑をおかけして……」

「なにを言う。きみは一番の被害者なんだぞ。それなのに懸命にジュリオを守ろうとしてくれた。きみは立派なシッターだ」

「カルロさん」

「よく、頑張ったな」

　思いのこもったやさしい言葉にぐうっと熱いものがこみ上げる。涙が滲んだ目で二度、三度と瞬きをくり返す志遠を、カルロもまた目を細めて見下ろした。

「こうしてきみを取り戻せて本当に良かった。……突入した部屋できみを見て、ドラッグを使われたとすぐにわかった。怒りで気が狂いそうだった」

「お祖母様のことを思い出していたんでしょう？　ぼくも、同じことを」

「シオン」

「もう二度と、こうして会うことも、話すこともできなくなると思いました。それぐらいなにもわからなくなって……カルロさんとドナテッロさんはぼくの命の恩人です」

「きみを取り戻すためだ。なんだってやる」

カルロがつないでいた腕を解き、覆い被さるようにして抱き締めてくれる。

志遠も思いを伝えるように腕を回して愛しい人を抱き返した。

「祖父は愛しい人を取り戻せなかった。その無念の上にバルジーニ家は成り立っている。だから俺は絶対に同じ悲しみをくり返さない。祖父母のためにも、自分のためにも」

「カルロさん……」

少し身体を離して見つめ合い、また想いを重ねるように抱き締め合う。

どれくらいそうしていただろう。腕が離れていくのを名残惜しく見つめながら、志遠はふと不思議に思ったことがあったのを思い出した。

「そういえばさっき、解毒剤を打ってくださったって……よく手に入りましたね」

「ティツィアーノに手配させたんだ。締め上げてやった。徹底的にな」

「おまえが寄越したSDカードが役に立った」

隣でドナテッロもニヤリと笑う。

闘争の後、マイクロSDカードに保存された動画を見てすべてを察したドナテッロは、それをカルロをはじめとする幹部クラスで共有した。すぐにファミリーで会議が開かれ、ドン・バルジーニ指揮の下、コロンニ家を叩き潰すための指令が下った。

利用したのは、ティツィアーノが新たに取り寄せたというドラッグ・スカンジネビルだ。志遠が撮った動画の内容をもとに、バルジーニ家が誇る独自のネットワークで詳細情報を集めたカルロたちは、二手に分かれてコロンニ家を追い詰めた。

まずはドラッグを運んできた密輸船を海上で襲い、品物を横流しするとティツィアーノを脅す。散々に悪態《あくたい》をつき、喚き散らした相手が歯軋《はぎし》りしながら交渉の土俵《どひょう》に降りてきたところで、志遠に使ったクスリを白状させるとともに解毒剤を手に入れる。用が済んだら一旦手を引くと見せかけて、今度はもう一班の出番だ。

バルジーニ家には昔から懇意にしている情報の伝達先がある。それは時に警察だったり、政治家だったり、あるいは新聞社やテレビをはじめとする報道機関だったりした。

特に警察とは持ちつ持たれつの関係で、昨今のコロンニ家には煮え湯を飲まされ続けてきた彼らはバルジーニ側からの情報を恵比須顔《えびすがお》で受け取った。

こうなればあとは、ライバルが奈落《ならく》に落ちるのを高みの見物と洒落《しゃれ》こむだけだ。

ティツィアーノたちが密輸船から荷揚げされたスカンジネビルを引き取った瞬間、身を潜めていた警察がいっせいに現場に踏みこんだ。

岸壁に逃げ場はない。あらかじめ二重、三重の包囲網を敷いておいたことや、念のため海上にも船を待機させておいたことが功を奏し、とっさに逃亡を図ったティツィアーノや、彼をはじめとする幹部連中もまとめて逮捕された。

せっかく密輸した品物を押さえられただけでなく、上層部までごっそり連れていかれるという前代未聞の事態にパニックに陥った構成員が発砲したことで警察と銃撃戦になり、無残に命を落とすものまで出たとか。まさしく阿鼻叫喚《あびきようかん》、地獄絵図だ。

報道機関にも事前に情報をリークしておいたため、彼らは実に生々しいスクープ映像を収めることに成功し、バルジーニ側も充分なリターンを受けた。こちらもまたギブアンドテイクだ。

ティツィアーノをはじめとするコロンニ家幹部の一斉逮捕は新聞が大々的に報じ、またテレビでもトップニュースを飾ったことで、ニューヨークのナンバー2を誇ったコロンニ家は壊滅に追いこまれ、再起の見通しは絶望的となった。

さらに、ティツィアーノと懇意にしていたカッサーノ家にも手を回して徹底的に潰すとともに、ナンバー4、5組織であるマルーセロ家、シナトラ家ともあらためて協定を結び、ようやくニューヨークの闇の世界は落ち着きを取り戻したとカルロは語った。

「そんなことが……」

驚きに目が丸くなる。

自分が眠っていた二日の間にそれだけのことが行われたなんて信じられない。

そう言うと、ドナテッロがやれやれと肩を竦めた。

「カルロが大層お怒りでな。あいつらを叩きのめすまで帰ってくるなとファミリー全員に言い渡す始末だ」

「当たり前だろう。こっちはシオンを酷い目に遭わされたんだぞ」

どうやら相当な無茶をした結果のことらしい。

志遠はあらためてカルロとドナテッロを見上げ、深々と一礼した。

「本当にありがとうございました。あとで、この件に関わった皆さんにもご挨拶をさせてください。バルジーニさんにも、リカルドさんたちにも」

「あぁ、そうしてやってくれ。きみの元気な姿を見れば父もよろこぶ」

カルロは笑顔で応えた後で、ふと、真剣な表情になる。

「シオン。今度のことで、きみに謝りたいことがある」

「謝りたいこと……？」

「俺は、きみを守ると約束した。それなのに、きみを危険な目に遭わせてしまったことを心から申し訳なく思っている」

「そっ、そんな、カルロさんのせいじゃありません。ぼくが油断したのが悪いんです」

「きみは人を信じやすい。その心根がまっすぐなところがきみの美点だ、決して悪いことじゃない。だからこそ、こうした事態は想定しておくべきだったんだ。俺の落ち度だ」

カルロはきっぱりと言いきると、苦渋に顔を歪めた。

「ここは危険と隣り合わせの世界だ。俺はここで生まれ、ここでしか生きられない男だ。だがきみはどこへでも行けるし、どんなことでもできる」

「どういう意味ですか」

「安全な日本へ帰りたいか」

「……！」

思いがけない問いかけに息を呑み、間髪を入れずに首をふる。

「ぼくは、カルロさんと離れることなんてできません」

「シオン……」

「一緒にいるためならなんだってしてします。ぼくは、あなたと同じところで同じ世界を見ていたい。カルロさんとずっと一緒にいたいです」

「シオン！」

覆い被さるように抱き締められ、強く強く掻き抱かれて息が止まってしまうかと思った。

「愛している。きみを、愛している……」

「ぼくもです。カルロさん」

触れ合ったところを通して、愛しい人の声が直接響いてくるのがたまらない。身も心もカルロでいっぱいで溺れそうだ。

何度も何度も愛を伝え合い、少しだけ身体を離して今度は至近距離から見つめ合った。

「きみに出会って俺は変わった。本気で人を愛することを学んだ。……不思議なものだ。以前の自分がまるで思い出せない。新しい自分に生まれ変わったみたいだ」

「ぼくもです。あなたを好きになって、一度はフラれて……自分がこんなにガッツのある人間だとは思いませんでした。逃避行なんてしたのもはじめてです」

「そうだったな。つき合わせてすまなかった」

「いいえ、楽しかったです。……そりゃ、怖いこともいっぱいありましたけど。知ってるでしょう？　ぼくはしつこいんだって。挫けませんよ、あなたと一緒にいるためなら」

なにせドラッグも克服したぐらいだ。

そう言うと、カルロはおかしそうに噴き出した。

「一緒にいたいと言ってくれてうれしい。俺と俺の世界を選んでくれたことが誇らしい。だからこそ、生涯きみを守り抜くことを誓う。この命に代えてでも」

右手を取られ、厳かに手の甲にキスを落とされる。

「愛している。シオン」

「愛しています。カルロさん」

ゆっくり彼の唇が近づいてくる。

とろんと重たくなった瞼を閉じかけた時だ。

「おまえら、いい加減にしろ」

「わっ」

ドナテッロの声で我に返った。

「俺もいることを忘れるな」

「おまえこそ、こういう時は気を利かせろ」

ドナテッロとカルロが揃って顔を顰める。ふたりとも同じ顔をしているのがおかしくて
ひとりでくすくす笑っていると、それを見たカルロもつられるようにして噴き出した。

ドナテッロがひとり短い嘆息でこちらに応える。

「これだから頭がお花畑のやつらは……」

「す、すみません」

「まぁいい。もう見慣れた」

それはそれでどうなんだろうとなんとも言えない顔をしていると、ドナテッロがやっと溜飲《りゅういん》を下げたように頬をゆるめた。

「おまえが残ることは俺も歓迎だ。シッターの評判は上々だと聞いているし、細々としたサポートはファミリーとしてもとても助かる」

「ありがとうございます。そう言ってもらえてうれしいです」

「今回のこともな。おまえの情報が役に立った。あの状況で、しかもドラッグを打たれていながら盗撮するとは大したものだ」

「盗撮を褒められるのは複雑ですが……」

「カルロを助けたくてやったことだろう。俺からも礼を言う」

ドナテッロがはにかみながら笑う。おそらく、はじめて見る彼の素の笑顔だ。

「はじめは一般人を装ってバルジーニ家に近づいてきた胡散臭いやつだと思っていたが、俺の思い過ごしだったようだな。おまえはもう立派な仲間だ。もちろん、アンダーボスのパートナーとしても」

「ドナテッロさん……」

驚いた。あのドナテッロに、そんなふうに言ってもらえるなんて。

「この男を手懐《てなづ》けるとは大したもんだ」

カルロも横から茶々を入れてくる。

「手懐けるとは人聞きの悪い。俺は躾の悪い犬じゃないぞ」

「犬よりよほど鼻が利くじゃないか」

「おまえのそれは褒めているのか」

顔を顰めてみせたドナテッロだったが、相棒の顔を見ているうちに怒るのもバカらしくなったのか、短く嘆息するに留めた。

「なんにせよ、組織体系も大きく変わった。これでようやく落ち着くだろう」

「これにて一件落着、だな」

誇らしげに笑うカルロたちと顔を見合わせて志遠も笑う。

闇の世界にも希望の光が差しこもうとしていた。


厳かな空気が部屋に満ちる。

大広間に居並ぶのは、ドン・バルジーニをはじめとするバルジーニファミリーの幹部やその家族たちだ。皆が息を詰めて見守る中、志遠は中央に敷かれた絨毯の上をまっすぐに進んだ。

暗い室内にはいくつも蝋燭が灯され、ゆらゆらと炎を揺らめかせている。

部屋の最奥、バルジーニ家の紋章を背に立つドン・バルジーニの前まで歩いていくと、志遠は静かに床の上に跪いた。

これからここで、ファミリーの一員になるための儀式が行われようとしている。

厳粛な雰囲気の中、バルジーニが慮るような口調で「シオン」と呼んだ。

「一度誓いを立てたら二度と撤回することはできない。誓いは生涯おまえを守り、同時におまえを縛りつける。本当にいいんだね？」

「はい。すべてはぼくの意志であり、ぼくの心からの希望です」

はっきりと目を見て頷く。

黒のスーツは誂えてもらっただけあって着心地がいい。これからこの世界で生きていくための戦闘服だ。これに袖を通した時から自分の心は決まっている。

「そうか。わかった」

バルジーニは静かに頷くと、手にしていた革製の小さな本を開いた。

「これより儀式をはじめる」

重みのある声が広間に響く。

朗々《ろうろう》とバルジーニ家の掟が読み上げられる中、志遠は高揚感に胸をふるわせた。

愛するカルロと生涯をともにするため、己の耳目《じもく》で物事を判断するためにファミリーの一員になることを選んだ。それは生涯をバルジーニ家に捧げることを意味している。今はカルロの父バルジーニを、やがて首領《ドン》となるであろうカルロ本人を、すぐ傍で支えたいと願ってのことだ。

関係者が見守る中、儀式は志遠の宣誓《せんせい》に移る。バルジーニが先導する誓いの一節一節を追いかけるようにくり返しながら、自分の中にも言葉を刻んだ。

ニューヨークマフィアであるバルジーニ家では、シチリアのようにお互いの血を交わすことはしない。

代わりに首領の左手の甲に誓いのくちづけをし、首領からも頬に祝福のキスをもらう。それが生涯見えない鎖となって家と自分とをつなぐのだ。

教えられたとおりバルジーニの血管の浮き出た左手を取り、その甲にくちづける。

「生涯、バルジーニの血に恥じないものであることを誓います」

それに応えるように、バルジーニもまた頬に触れるだけのキスをくれた。

「おまえを我が血肉として受け入れる。誇り高く生き、誇り高く死ぬがいい」

両肩に手を添えられ、立つように促される。

「我々は新しい家族を迎えた」

首領の宣言によって儀式は終わり、志遠は晴れてファミリーの一員となった。

「カルロ」

続いてバルジーニは愛息子を呼び寄せる。

前に進み出たカルロは志遠の隣に並ぶと、晴れやかな顔で居並ぶものたちを見回した。

「伴侶《はんりょ》となる誓いを」

彼の口から「伴侶」という言葉が出た途端、胸の奥からグッと熱いものがこみ上げる。うれしくて、誇らしくて、そして泣きたくなるような不思議な気持ちだ。

カルロはバルジーニ家の伝統に則ってその場に膝をつくと、志遠の左手を取って薬指の根元にくちづけた。そうしてポケットから指輪を取り出し、くちづけたところにゆっくり嵌めこむ。それによって愛の誓いを封じこめるのだ。

「この指輪は、俺の心臓につながっている。息絶える瞬間まできみを愛し、きみを尊び、きみを守り続けると誓う」

志遠はもらったばかりの指輪にくちづけ、愛を受け止めたことを示す。

今度は志遠が跪き、立ち上がったカルロの左手の薬指にくちづけた。そして同じように指輪を取り出し、彼の節くれ立った指に通す。

「この指輪は、ぼくの心臓につながっています。息絶える瞬間まであなたを愛し、あなたを尊び、あなたを守り続けると誓います」

カルロは眩《まぶ》しいものを見るように目を細め、志遠が嵌めた指輪にくちづけた。

言葉にされなくてもわかる。感じる。彼が「愛している」と言ってくれていることを。

だから志遠からも眼差しでありったけの愛を伝えた。

立ち上がり、厳かに誓いのくちづけを交わす。

「私の大切な息子たちの門出だ。皆で祝ってやってくれ」

父親の顔になったバルジーニの言葉に、一同から割れんばかりの拍手が起こる。中には
リカルドやルカも、そしてドナテッロの姿もあった。

結婚なんて、自分には一生縁がないと思っていた。ましてや、怖いものが苦手な自分が
マフィアのファミリーになるなんて。つくづく人生とは不思議なものだ。一度の出会いが
それからの生き方を大きく変える。

——きっと、こうなる運命だったんだ。

胸をふるわせながら隣の愛しい伴侶を見上げる。

交わる甘い眼差しが同じ気持ちだと告げていた。

「……あっ、……ん……」

薄明かりの室内に濡れた声がこぼれ落ちる。

ベッドに押し倒され、甘雨のように降り注ぐ愛撫に全裸の身をくねらせながら、志遠は愛しい伴侶をうっとりと見上げた。

真上では、上半身を露わにしたカルロが獣のように舌舐めずりしている。はじめて見る彼の逞しい首筋や浮き出た鎖骨、そして彫刻のように均整の取れたプロポーションに志遠はただただ見惚れるばかりだ。

――この人が、ぼくの伴侶……。

儀式を終えた今も信じられない。

そんな思いが顔に出ていたのか、カルロは志遠の左手を取り指輪の上からくちづけた。

「きみは俺のものだ」

そうして今度は自分の指輪を志遠の唇に触れさせる。

「俺も、きみのものだ」

「うれしい……」

滴り落ちる色香ごと全身で眼差しを受け止めながら、ゆっくり近づいてくる唇に志遠はそっと目を閉じた。

熱く濡れたもので唇を塞がれ、そっと割り開かれて、カルロの舌を口内に迎える。甘く濡れた彼の舌はそれ自体が生きもののように縦横無尽に志遠の中を味わい尽くした。

「んっ、ん……ぅ……」

儀式でしたような、触れるだけのキスではない。

頭の中を真っ白にさせるだけの破壊力を持つ、すべてを奪い尽くすくちづけだ。

それがたまらなく気持ちよくて、志遠はふるえる手でカルロの腕に縋った。

「カルロ、さん……」

名を呼ぶだけで胸が熱くなる。この人がほしいという気持ちでいっぱいになって、他になにも考えられなくなる。

「もっと、ぼくをカルロさんのものにしてください。あなただけのものになりたい」

素直な気持ちを言葉にすると、カルロが眉間にクッと皺を寄せた。

「どこで覚えてきたんだ、そんなこと」

「え…？」

「きみは俺を揺さぶる天才だな。……だが、もとより俺もそのつもりだ。遠慮も手加減もしないからな」

「あっ」

カルロの手が、芯を持ちはじめていた自身に触れる。叢を掻き回すようにくすぐられ、そこから膨らみかけていた幹の存在を知らしめるように根元から扱き上げられて、志遠はビクリと身をふるわせた。

「んんっ……」

思わずそちらに目をやって、あまりの猥りがわしさに眩暈を覚える。

カルロの節くれ立った指が自身を包み、欲望を煽り育てている光景に息ができなくなるほど昂奮した。

「待って、カルロさ…、あの……あ、あぁっ……」

止まってほしいのに、一際大きく擦り上げられただけでビクビクッとふるえてしまう。先端の孔に透明の滴《しずく》が盛り上がり、揺れに合わせてとぷりとこぼれた。

「やっ…」

「恥ずかしがることはない。男なら誰でもそうなる」

親指の腹で孔《あな》をこじ開けるようにグリグリ抉《えぐ》られたかと思えば、敏感な括《くび》れを擦られて、羞恥と快楽の狭間を行ったり来たりだ。もはや止めどなくあふれるようになってしまった滴を潤滑油代わりに使われて、室内に、くちゅっ、くちゅっという恥ずかしい水音が響き渡った。

カルロに触れられている。

カルロに欲望を暴かれている。

そう思うだけで頭の芯が焼き切れそうだ。心臓はドクドクと早鐘を打ち、今にも壊れてしまいそうだった。

重く抗いがたい快楽の渦が一点に集まりはじめている。こうなってしまうとあとはもう精を吐き出さずにはいられない。

「足を開くぞ」

「んっ」

カルロが足の間に身体を捻じこんでくる。

そのまま大きく左右に開かれ、膝が胸につくほど折り畳まれて、なすすべもないまま彼の眼前に秘所《ひしょ》を晒した。

「やっ、待って……」

「怖いか？」

とっさに首をふる。

「俺は、きみがほしい。ここできみとひとつになりたい。……シオン、俺とひとつに」

「ん…」

短いキスとともに後孔《こうこう》になにかが垂らされる。ひんやりとしたそれはカルロの手で蕾《つぼみ》に塗《まぶ》され、ゆっくりと塗り広げられていくうちに身体に馴染んだ。

「香油だ。身体に害はない」

「あっ」

「慣らすぞ。力を抜いて……」

低く囁かれた次の瞬間、香油の助けを借りてぬうっと指先が挿ってくる。

はじめての感覚にびっくりして身体が強張ったものの、志遠は深呼吸をして懸命に力を抜くことに努めた。

「そう。上手だ」

逞しい肩に縋りながら彼の指を受け入れていく。

慎重に一本を根元まで埋めこみ、何度か出し入れをくり返して隘路《おうろ》を慣らしたカルロは、続けて二本、三本と指の数を増やしていった。

「あ…、あ……ぅ……」

「痛むか」

「だい、じょ…ぶ……」

ていねいに慣らしてくれているおかげで痛みはない。ただ違和感が強いのだ。

そう言うと、カルロは根元まで埋めこんでいた指を半分引き抜き、腹側の壁を探りはじめた。少し押しては場所を替え、また押してのくり返しだ。

「あぁっ!」

不意に、強烈な快感がビリビリッと背筋を駆けた。

なにが起きたのかと目を瞠る志遠に、カルロはうれしそうにニヤリと笑う。

「ここがきみのいいところだ」

「え? なに…、あの……やっ、あぁっ……そ、こ……やぁっ……」

立て続けに押し上げられ、グリグリと捏《こ》ね回されて、たちまち気をやってしまいそうになる。自分の身体になにが起きているのかわからず、志遠はただ悶《もだ》えるしかなかった。

いつしか自身は天を向き、志遠が身をふるわせるのに合わせて揺れる。

このまま達してしまうのではないかと思ったその時、なぜかずるりと指が抜かれた。

「……あ……」

不意の喪失感に後孔が切なく戦慄く。

けれどそれもわずかなことで、新たに押し当てられた熱塊によって塞がれた。カルロだ。

いつの間にか前を寛げたカルロが、大きく反り返った自身を宛がっているのが見えた。

「挿れるぞ」

制止などする間もなく、彼自身がグッと押し入ってくる。

「あ…、……あ――……」

それは圧倒的な質量だった。

ズンと内蔵まで響くような重たいものが、浅い抽挿《ちゅうそう》をくり返しながら自分の中に入ってくる。限界まで開かれた後孔にはもう一ミリの隙間もなく、皮膚と粘膜が文字通り一体化しながら互いの存在を噛み締め合った。

生まれてはじめて中で感じる他人の肉体、それが愛しい相手の一部なのかと思うと涙が出そうになる。こみ上げる思いのまま見上げると、気遣わしげにこちらを見ていた茶色い瞳と目が合った。

「シオン。大丈夫か」

「はい。……うれしくて……」

涙を拭うために伸ばされた手を両手で包み、頬を寄せる。

「カルロさんが、ぼくの中にいるんだなって思ったら」

「健気《けなげ》なことを言う。俺は、もっときみをよろこばせるつもりだが」

「え？」

「遠慮も手加減もしないと言ったろう。掴まっていろ」

そう言うが早いか両手で腰を抱え直された。そのままぐうっと体重をかけるようにしてのしかかられ、大きく張り出した先端部分を呑みこまされる。

何度か腰を打ちつけられるうちに、熱塊の先は奥まで達した。

「あ、ぁ……」

――ひとつに、なってる……。

蕾から最奥まで、ジンジンと痺れるような熱に包まれる。奥深くまでカルロに暴かれ、征服されて、言葉では言い表せないような充溢感《じゅういつかん》に満たされた。

ホッと吐息を洩らしたのも束の間、さらに腰を抱え上げられる。

「まだだぞ。シオン」

「え？　あっ……」

深々と穿たれたまま腰を回され、熱いものがさらに奥へと割りこんできた。

「あぁっ……ふ、かい……っ」

「もっとだ」

「も、ダメ、挿らな……ぁっ……」

言葉とは裏腹に、貪欲に愛されようとする身体は彼に向かって開いていく。与えられる快楽を享受《きょうじゅ》し、熱塊を受け入れ、それどころかもっともっととねだるように奥へ招いた。

「ひ、……あんっ……」

深々と打ちこまれるたびに尻にカルロの下生《したば》えが当たる。彼の欲望を根元まで受け入れ、絶え間なく奥を突かれて、鳥肌が立つほどの快感が駆け上がった。

中でも、一際強い感覚を得たのが指でも弄られた場所だ。

「あぁっ」

熱棒で押し潰すようにされた瞬間、志遠はビクッと背を撓らせた。

「や…、ダメ、カルロさ……そ、それ……ダメっ……」

「遠慮することはない。たくさんかわいがってやる」

角度を変え、くり返しくり返し奥を突かれる。その過程で気持ちいい箇所をグリグリと抉られ、志遠は半泣きで快楽に悶えた。

もはや我慢の限界だ。ひと突きされるごとになにも考えられなくなる。

「ダメっ、そんな…、したら……あ、ぁっ……達、ちゃう、から……」

「達《い》けばいい」

「んんっ」

一際大きなストロークで、ズン、と突き入れられた途端に目の前に小さな星が飛んだ。

もうダメだ。

もう、もう、もう。

「……達っちゃ、うぅ……」

「俺で達け。シオン」

「あぁっ――――」

耳元で囁かれた瞬間、志遠は我慢できずに精を散らした。びゅくっと勢いよくあふれた白濁が自身の腹や胸を淫《みだ》らに汚す。

けれどそれを拭う間もなく、すぐに律動が再開された。

「ま、待って、まだ達っ……、あっ……」

達した余韻に蠕動する中を容赦なく擦り上げられ、極めたところから降りてこられずに志遠は身悶えるばかりだ。

半泣きで見上げる志遠に、カルロは満足げな笑みを浮かべた。

「ずいぶん良さそうだな」

「カルロ、さんは？　カルロさんもちゃんと…、気持ちいい……？」

「あぁ、最高だ」

囁きとともにくちづけが降る。

ぐちゅっと水音を響かせながら腰を回され、中を捏ねるように穿《うが》たれて、またもすぐに新しい炎が燃え上がった。

「あ、あ…、あぁっ……んっ……」

カルロの腕に縋りつき、それでもなお足りなくて左肩に歯を立てる。彼の香水と体臭、それに汗の匂いが混じり合って頭がクラクラするほど気持ちいい。もはや焦点を合わせることさえできず抱きつく志遠に、カルロはなにかを堪えるように眉間に深い皺を刻んだ。

「なんて顔をするんだ」

「え…？」

「もっときみがほしくなる。こうして腕に抱いているのに、際限なくきみがほしい」

「……んっ」

噛みつくようなキスが降ってくる。

「きみの全部がほしい。心も身体も、余すところなくすべてだ」

「あぁっ」

独占欲さえ滲ませながら腰を抱え直したカルロは、余裕などなくしたようにガツガツと貪り穿ちはじめた。

「カルロさん……そんな…、激しっ……」

容赦ない抽挿になすすべなく揺さぶられる。深々と突き入れられるたびに後孔は淫らな水音を立て、耳を塞ぎたくなるほどの羞恥で志遠を煽った。

あふれ出した潤滑油と志遠が放ったものが混じり合い、背中まで伝い落ちる。それでも今はそんなことに構う余裕もなかった。

ただ、受け止めている彼のことしか考えられない。

一緒に飛ぶことしかわからない。

「も、ダメ……」

「あっ…」

「まだだ。しっかり掴まっていろ」

一際強く奥を穿たれ、志遠はガクガクと腰をふるわせながらカルロに足を絡ませる。

「も、……達っちゃ、う…、カルロさんっ……」

「あぁ。俺も限界だ」

「カルロさん、カルロさ…、あぁっ……」

腰を戒めていた手が前に伸びてきて天を仰ぐ志遠自身をきつく握った。ビリビリと突き抜けるような感覚と、直後に襲ってくる激しい愉悦《ゆえつ》にその場に溶けてしまいそうになる。

抽挿はいよいよ激しさを増し、前と後ろの両方から思うさま追い上げられた。

「ダメ…、も……あぁっ、っ……」

両腕をきつく首に回し、カルロをぎゅっと抱き締める。

もうなにも見えない。

もうなにもわからない。

高みへと押し上げられていく中、カルロが耳元に口を寄せた。

「きみの中に注ぎたい」

「……っ」

低く囁かれた瞬間、中がぎゅんっと蠢動する。感じすぎてしまうあまり全身の血が沸騰するかと思った。答えなんてはじめから決まっている。

「ぼくで達って、カルロさん……」

カルロは触れるだけのキスを落とすと、ラストスパートへ駆け上がっていった。

強く、激しく、打ちこまれるたびに衝撃が走る。身も心もすべてこの人のものになったのだと実感する。

「シオン。愛している……、シオン……！」

「カルロさん……、あぁっ、あ……あぁぁ――」

限界までふくらんだ熱塊が爆ぜると同時に、中がじゅわっと熱くなった。

カルロは二度、三度と身体をふるわせながら大量の精を注ぎこむ。それに引き摺られるようにして志遠も三度目の高みを極めた。

「は、ぁっ……ぁっ……」

息が苦しくて、胸が苦しくて、腕もまともに動かないほど身体が軋む。

それでも、この多幸感に勝るものはないと思えた。

「愛している。シオン」

「愛しています。カルロさん」

身体をつなげたまま至近距離で想いを伝える。汗の滴る頬に左手を伸ばすと、カルロはそれを取って手のひらの内側にくちづけだ。

「きみを生涯離さない。ずっと俺だけのものだ」

「ずっと、あなただけのもの……」

カルロの唇が手のひらから指先に、やがて指輪の上に落ちる。

だから志遠はもう片方の手を伸ばし、カルロの左手の薬指にキスを落とした。

「カルロさんも、ずっとぼくのものですよ」

カルロは一瞬目を瞠り、それから蕩けそうな顔で微笑む。

「あぁ、そうだ。俺の心も、身体も、なにもかも」

「んっ」

奥を捏ねるように腰を揺らされ、落ち着きかけていた熱がぶり返しそうになった。

「も、もう終わり、ですよね……？」

「終わり？　まさか」

カルロはニヤリと笑いながら濡れた前髪をかき上げる。艶めいた眼差しには悪戯っ子のような、それでいて確信犯めいた光が浮かんでいた。

「大切な初夜だ。俺の形を覚えるまで、何度でもきみの中に注いでやる」

「えっ。あの…、そんな、無理っ……」

「さぁ、終わらない夜のはじまりだ」

反論は熱いくちづけで塞がれる。

かくして、ふたりは目眩《めくるめ》く夜に溺れていくのだった。


「シーオーン！」

遠くから元気のいい声が近づいてくる。

庭でスケッチブックを広げていた志遠は、かわいらしい足音に笑いながら顔を上げた。

両手を広げて迎えてやると、ジュリオが歓声を上げながら抱きついてくる。

「おっと、っと……！」

あまりに勢いが良かったものだから、ふたり揃って芝生の上に転がってしまった。

「あはは。失敗しちゃった」

「しちゃったー」

顔を見合わせて笑いながら起き上がる。

服や巻き毛についた芝を手で払ってやると、ジュリオは楽しそうに身体を揺らしながら顔を覗きこんできた。

「シオン。いいこと、あったでしょー」

「どうしてそう思うの？」

「だって、すごく、うれしそうだから」

そう言って、にぱっと笑う。

『いいこと』と言われて思い当たるのはやはり儀式だ。正式にファミリーの一員となり、そしてカルロの伴侶となった。

儀式は夜に行われたこともあり、ジュリオはその場にはいなかったけれど、大人たちがいろいろなことに一区切りをつけたのを子供ながらに察しているのだろう。賢い子だから自分たちの関係の変化にも気づいているかもしれない。

「これからは、本当のファミリーだね」

にこにこしているジュリオの小さな手を取り、やさしく握る。

こうしてもう一度おだやかな時間が持てて良かった。あの時、カルロたちが助けにきてくれなかったら、きっと自分たちは今この世にいない。

志遠はジュリオに向き合うと、まっすぐに目を見つめた。

「ジュリオ。ぼくはきみに謝らなくちゃ。ぼくのせいで、怖い思いをさせてごめんね」

「ん？」

ジュリオはきょとんとしていたが、しばらくして言われていることに思い至ったのか、ぶんぶんと首をふってみせた。

「だいじょぶ！」

「ジュリオ」

「わるいやつは、やっちゅける！」

聞けばジュリオは、自分を掴まえようとする男たちの手に噛みついたり、後ろから蹴っ飛ばしたりと別の部屋で暴れ回ったらしい。「おとなしく眠っている」と聞いていたから、てっきり恐ろしさに失神したのかと思いきや、疲れて寝てしまっただけとは。

「もう、ジュリオったら……」

さすがはバルジーニ家の小怪獣。カルロが聞いたら大笑いするだろう。

「つぎは、シオンも、まもってあげるね」

「ほんと？　うれしいな」

冒険者然と胸を張るのがなんとも頼もしい。

そこで志遠は、久しぶりに彼の相棒を登板させることにした。右手で影絵の形を作り、コンコン、コーン！　で登場だ。

「ありがとう。ジュリオくん」

「あっ、キツネくん！」

ジュリオがすかさず右手に飛びつく。

「もー、どこいってたの？　ダメでしょ、いなくなっちゃ」

真剣な顔でキツネくんに話しかけているのがかわいらしくて、噴き出しそうになるのをなんとかこらえる。尖らせた唇も、丸く膨らんだ頬も、彼のなにもかもが愛おしい。

志遠はキツネくんを諫めるジュリオごと、左腕でぎゅっと抱き締めた。

「もういなくなったりしないよ。ずっと一緒だよ、ジュリオ」

「ん？」

「ジュリオ、だーい好き。キツネくんもそう言ってるよ」

「えっ。えへへ……あのね、ユーもね、だいすき！」

抱きついてくるのをさらに強く抱き返すと、「きゃー！」とかわいい歓声が上がった。

「ぼくたちの冒険の旅はまだまだ続くよ。これからもよろしくね、ジュリオ」

「おまかせ、あれ！」

笑いながらおでこをくっつけ合う。

しあわせに満ちた笑い声が、これからの旅を明るく照らした。


二ヶ月後、志遠とカルロは再び日本の地を踏んだ。

志遠にとって二冊目の絵本が無事に上梓《じょうし》の運びとなったからだ。

文字どおり逃避行をしながらの刊行ではあったが、メールを通して出版社とやり取りを重ね、またカルロやジュリオも常に支えてくれたおかげで、こうして日の目を見ることになった。まさに『皆で形にした本』そのものだ。

だからこそ、日本で孤軍奮闘《こぐんふんとう》してくれた担当編集者の谷にどうしてもお礼が言いたくて、カルロと会社を訪問させてもらった次第だ。谷には「紹介したい人を連れていきます」と伝えてある。

受付で名前を告げると、パーティションで区切られた小会議室に案内された。思えば、はじめて持ち込みをしたのもここだったっけ。

「これが日本の出版社というやつか」

カルロも隣で興味津々のようだ。

「業界が違うと新鮮ですよね」

「あぁ、とても楽しい。きみの一端に触れているようで」

志遠の絵本に対する思い入れを知っているからだろうか。自分の大切なものを、自分と同じように大切に思ってくれることがうれしい。

微笑み合っていると、間もなくして谷が現れた。秋らしい茶色のワンピースに銀杏《いちょう》色のスカーフを合わせた、彼女らしい出で立ちだ。

「こんにちは、ご無沙汰《ぶさた》しております！　高宮さん、お元気そうですね」

「谷さん。お久しぶりです。このたびは……」

立ち上がって挨拶をしようとしてすぐ、目を丸くしている谷に気づいた。

「高宮さん、こちらの方は……あ、えっと、紹介したいとおっしゃっていた……？」

外国の方だったんですねと続ける声は上擦っている。

志遠はカルロと顔を見合わせ、悪戯っ子のように笑うと、もう一度谷に向き直った。

「谷さんにはずっとお世話になってきましたし、これからもお仕事をご一緒できたらなと思っているので、そういう意味でも顔合わせができたらと……」

「顔合わせ？」

「ぼくの大切なパートナーの、カルロです」

谷がぽかんと口を開ける。志遠とカルロを何度も交互に見ながらフリーズし、ようやく意味がわかったようで部屋に響き渡るほどの声を上げた。

「えっ、うそ……えええ羨《うらや》ましい……！」

これには志遠も大笑いだ。カルロも、日本語がわからなくとも雰囲気で察したらしい。大いに取り乱した谷は、やがて編集者という立場を思い出したのかわざとらしく咳払いなんぞをしてみせると、ようやくのことで椅子についた。

「こんなビッグニュースを聞かせていただけるとは……そっかぁ、そうだったんですね。良かったですね、高宮さん！」

「ありがとうございます。おかげさまで」

谷の言葉を英語にしてカルロにも伝える。

恋人はうれしそうに微笑み、谷にも「ありがとう」と片言の日本語で答えた。

「だから高宮さん、急遽アメリカにも行かれてたんですね。これからもあちらでお仕事されますよね？」

「はい。向こうに拠点を移そうかと……。その準備も兼ねて一時帰国したんです。両親の遺品も整理しましたし、住んでいたマンションも売却手続きをしてきました」

「そうでしたか。これからは気軽にお会いできなくなっちゃいますけど、今回みたいにオンラインでいくらでもつながれますから、ね！」

谷はにっこり笑いながら、大切そうに抱えていた絵本を差し出してくる。志遠にとって二冊目の絵本、そして『皆で形にした本』だ。

「高宮さんの思いが詰まった絵本、立派にでき上がりましたよ。本当におめでとうございます」

本を受け取った瞬間、手に感じる確かな重みに不覚にも泣きそうになってしまった。

ここに至るまで、本当にいろいろなことがあった。人生が変わる出来事もあった。そのすべてを受け止めて、乗り越えて、やっと夢が形になったのだ。

志遠は大きく深呼吸をすると、感謝の気持ちをこめて頭を下げた。

「ありがとうございます。谷さんのおかげです。……って、泣かないでくださいよ」

「高宮さんこそ泣いてる～～～」

「だって谷さんが！」

「私は泣いていいんです〜〜なんかいろいろ羨ましい〜〜〜」

谷の照れ隠しに泣きながらも大笑いさせられる。

やっとのことで涙も笑いも落ち着くと、志遠はあらためて谷に深々と一礼した。

「谷さんにはどんなにお礼を言っても足りないです。ありがとうございました」

「たくさんの子供たちに読んでもらえますね。お時間があったら、ぜひ書店さんにも立ち寄ってみてください。売り場に並んだ本は誇らしくて、ぴかぴか輝いて見えるものです」

「はい。ぜひ」

谷との話は尽きないが、いつまでも時間を取らせるわけにはいかない。

名残を惜しみながら出版社を後にした志遠たちは書店を巡り、最後に思い出の場所へとやってきた。はじめてキスをした、東京スカイツリーの麓《ふもと》のウッドデッキだ。

あの時と同じ場所に並んで座り、空を見上げながら、志遠は大きく深呼吸をした。

「なんだか不思議な気分です。あの頃は、こんな未来が待っているなんて想像もしませんでした」

自分が誰かと想いを重ねる日が来るなんて、まるで思いもしなかったのだ。

「あなたにはフラれるし、一生ひとりで生きていくんだろうなって」

「そうならなくて本当に良かった」

風のようなキスが頬を掠める。あまりに自然な仕草に一瞬顔がゆるんだものの、すぐに我に返って大慌てで辺りを見回した。

「だ、誰かに見られたら……！」

「誰も見ちゃいないさ。みんな自分のしあわせに大忙しだ。もちろん俺も」

そっと手が伸びてきて、膝の上に置いていた左手を握られる。やさしくくすぐってくる指先からカルロの愛情が染みこんでくるようで、うれしさと照れくささに揺れながら志遠からも手を握り返した。

「そういえば、きみは高いところが苦手なのに俺たちと一緒に昇ってくれたんだそうだな。ドナテッロから聞いた」

カルロが展望台を見上げながらしみじみと呟く。

「痩せ我慢するなってドナテッロさんに笑われましたけどね」

「そういうところもきみらしくて好きだ。いつか、エンパイアステートビルディングにも一緒に昇ろう」

「高いところはまだ怖いですけど……でも、カルロさんが一緒なら」

常に新しい一歩を踏み出してこそ冒険者というものだ。

そう言うと、カルロは楽しそうに明るい声を立てて笑った。

「その心意気を俺も見倣《みなら》わなくては」

「ふふふ。ジュリオが一番のお手本ですよ。……さて、そんなかわいいジュリオくんにはどんなお土産がいいかなぁ」

「あれのことだ。ひとつやふたつじゃ納得するまい」

「ファミリーの皆さんにもお土産たくさん買っていきましょう。日持ちのする和菓子に、おせんべいに……あ、抹茶《まっちゃ》のチョコレートなんかも外国の方には人気ですよね。それから玩具でしょ、絵本でしょ……」

「待て、シオン。そんなに買ったらスーツケースがパンクする」

「頑張って運んでくださいね。カルロさん」

残念ながら、ドナテッロは今回の旅には同行していない。

一応声はかけてみたものの、これ以上ないほどの仏頂面で「惚気《のろけ》なんぞ見たくない」と断られてしまった。でも実際には、「新婚旅行のつもりで羽根を伸ばしてこい」という彼なりの気遣いなのだと思う。

カルロは顔を顰めて苦笑していたが、ややあって、悪戯を思いついた子供のように目をきらきらと輝かせた。

「それなら、先払いでご褒美をもらおう」

「え？　……んっ」

触れるだけのキスが今度は唇に落とされる。名残惜しいとばかりにその後に二度、唇を啄まれたことは言うまでもない。

「定期的なチャージは必要だからな」

「こんな現金なマフィア、見たことありませんよ」

「そんなところも好きだろう？」

上目遣いに睨んだものの、すぐにおかしくなってきて一緒になって笑ってしまった。

これからまた、次の冒険の旅がはじまる。時々危険と隣り合わせの、けれどかけがえのない愛に包まれた未来が待っている。

微笑み合うふたりを、あの日と同じおだやかな夕日がやさしく照らしていた。

あとがき

こんにちは。宮本《みやもと》れんです。

『マフィアと恋の逃避行　ベビーシッターは挫けない』お手に取ってくださりありがとうございました。

お久しぶりの現代ものです！　担当様から「マフィアの攻《せめ》×日本人の受《うけ》」という設定をいただきまして、それなら舞台はイタリアかアメリカに……でもどっちも捨てがたい……せっかくだから受の住む日本も入れたい……と欲張った結果、恋の逃避行になりました。あちこちを舞台に少しずつ書けて楽しかったです。読んでくださった方にも、一緒に旅をしているような気持ちでドキドキわくわくしていただけていたら嬉しいです。

鈴倉温《すずくらはる》先生。本作でも最高にかわいいイラストをどうもありがとうございました。

担当Y様。今回も大変お世話になりました。これからもよろしくお願いいたします。

最後までおつき合いくださりありがとうございました。

それではまた、どこかでお目にかかれますように。

二〇二三年　晩秋のセントラルパークに思いを馳《は》せつつ

宮本れん

セシル文庫をお買い上げいただき、ありがとうございます。
この本を読んでのご意見・ご感想・ファンレターをお待ちしております。

☆あて先☆
〒154-0002　東京都世田谷区下馬6-15-4
コスミック出版　セシル編集部
「宮本れん先生」「鈴倉 温先生」または「感想」「お問い合わせ」係
→EメールでもOK！　cecil@cosmicpub.jp

セシル文庫

マフィアと恋《こい》の逃《とう》避《ひ》行《こう》
ベビーシッターは挫《くじ》けない

2023年 12月 1日　初版発行

【著者】　宮本《みやもと》れん
【発行人】　佐藤広野
【発行】　株式会社コスミック出版
〒154-0002　東京都世田谷区下馬 6-15-4
【お問い合わせ】　- 営業部 -　TEL 03(5432)7084　FAX 03(5432)7088
- 編集部 -　TEL 03(5432)7086　FAX 03(5432)7090
【ホームページ】　https://www.cosmicpub.com/
【振替口座】　00110-8-611382
【印刷／製本】　中央精版印刷株式会社

乱丁・落丁本は、小社へ直接お送り下さい。郵送料小社負担にてお取り替え致します。
定価はカバーに表示してあります。

ISBN978-4-7747-6519-8 C0193

セシル文庫